z( )nafranca

Zonafranca è stata voluta e pensata da Antonio Spinelli

I versi del *Cyrano* sono tratti da: Edmond Rostand, *Cirano di Bergerac*, traduzione di Mario Giobbe, Mondadori, Milano 1985.

L'illustrazione di copertina è di Umberto Scalabrini.

Sinnos Soc. Coop. Sociale - ONLUS
via dei Foscari 18 - 00162 Roma
tel. 06.44119098 - fax 06.6227.6832
www.sinnos.org

ISBN 978-88-7609-251-0

Finito di stampare nel mese di maggio 2013 dalla Tipografia CSR, Roma

La Sinnos editrice è una Organizzazione Non Lucrativa di Utilità Sociale (ONLUS), che ha come finalità il reinserimento lavorativo di persone svantaggiate.

Filippo 3°A
Socchetti

RESPIRO

*PER QUESTO IL JAZZ MI HA CAMBIATO LA VITA.
PERCHÉ MI HA DATO MODO DI RESPIRARE
ATTRAVERSO LE NOTE LA BELLEZZA CHE C'È
INTORNO A NOI E LA SPERANZA CHE SIA POSSIBILE
CAMBIARE CON LA POESIA E LA CREATIVITÀ CIÒ CHE
BELLO NON È.*

PAOLO FRESU, *MUSICA DENTRO*

sinnos

A MIA NIPOTE BEATRICE,
RAGAZZA SPECIALE DAL GRANDE RESPIRO

PERCHÉ
A UN CERTO PUNTO
DELLA VITA
RIUSCIAMO A VEDERE
CIÒ CHE PRIMA NON VEDEVAMO?

1

Voglio raccontarvi un fatto strano che mi è successo stamattina: un albero di fichi mi è comparso davanti all'improvviso.
Niente di incredibile, perché tutto l'incredibile mi è già successo qualche mese fa anche se sembra passato un secolo. Ma questa è un'altra storia, lunga e complicata, che non so se ho voglia di raccontarvi.
«Ehi, ragazza, forse hai qualche rotella fuori posto», immagino che abbiate voglia di dirmi. «Gli alberi se ne stanno lì tranquilli per anni, a volte per secoli, e soprattutto hanno radici e non piedi, quindi è altamente improbabile che un albero di fichi si sia mosso per venire a piazzarsi proprio sulla tua strada!».
Ecco, avete ragione, questo è il punto.
Come è potuto succedere che per un lunghissimo e stramaledetto anno sia venuta in questo parco tutte le mattine prima di andare a scuola per far sgambare Pulce, senza accorgermi che andavo sempre a finire il giro sotto un fico, sbattendo quasi il naso contro il suo tronco nodoso?
Dovete sapere che Pulce mi ha trovata proprio in questo

luogo esattamente un anno fa e mi ha adottata senza neanche aver bisogno di annusarmi. Già da lontano ha capito che ero una randagia come lui: gironzolavo inquieta tirando calci ai sassi, a testa bassa, con le mani sprofondate nei calzoni larghi e uno sguardo che non si fermava da nessuna parte. Pulce mi ha puntata e mi ha seguita fino a casa. Per essere precisi quel giorno non si chiamava ancora Pulce, forse era Spenky o Pongo, o solo Cane, ma da quando ha messo piede, o per meglio dire zampe a casa mia è diventato Pulce. Ne aveva così tante addosso che è il primo nome che mi è venuto in mente.
Mia madre ha avuto un mancamento, ma siccome era un periodo in cui a causa mia sembrava dovesse venirle un colpo un giorno sì e l'altro pure non ci ho fatto troppo caso. Pulce affrontò un trattamento insetticida che avrebbe sterminato un esercito di cavallette e da quel giorno diventò il mio compagno di letto. Presi l'impegno solenne di occuparmi di lui tutte le mattine prima di andare a scuola, e vi giuro che l'ho sempre mantenuto anche quando non ho mantenuto neppure la testa sul collo.
Ma torniamo al fico. Pulce aveva l'abitudine di trascinarmi ancora in pigiama, con la giacca infilata sopra alla svelta, nel parco sotto casa, insomma quello del nostro primo incontro. Io mi facevo condurre come un automa, tanto i cani sono terribilmente abitudinari e fanno sempre lo stesso giro, che quindi potevo fare anche io a occhi chiusi. E in effetti tanto aperti non li avevo. Ogni tre passi, su un cespuglio o su un muretto, Pulce appoggiava il suo tartufo sniffando con accanimento e io ne approfittavo per continuare

a dormire qualche minuto. Fino a quando improvvisamente non mi strattonava in avanti attratto da un altro cespuglio o da un altro muretto mentre io gli mandavo qualche accidente fra i denti. Il suo giro consisteva in una diagonale per il prato fino a quattro rinsecchiti prugnoli, in un vialetto formato da una parte da cespugli di alloro e rosmarino, dall'altra dalle cancellate di casette a due piani con l'intonaco scrostato, fino ad arrivare su una collinetta stretta fra un angolo di muri sporchi con un albero al centro.

E proprio in quell'angolo, alla fine del giro di Pulce, mi trovavo stamattina, quando sono stata colpita da un odore a metà fra il marcio e il mieloso, come dire a metà fra inferno e paradiso.

Ho visto Pulce che annusava con insistenza per terra un frutto nero in decomposizione.

Mi sono messa a seguire con gli occhi la possibile traiettoria della caduta del frutto, e con il naso la scia odorosa, fino a che il mio sguardo non ha messo a fuoco proprio lui: un piccolo fico selvatico e bitorzoluto, con rami bassi che si allungavano come braccia ad acchiappare qualcosa di irraggiungibile. Alcuni frutti erano rimasti attaccati sul ramo ma sembravano vecchietti rinsecchiti che stavano facendo la loro personale battaglia contro il tempo. Ne ho adocchiato uno ancora morbido, nero, l'ho staccato dolcemente sporcandomi le mani con il suo latte bianco e appiccicoso, e me lo sono messo in bocca con tutta la buccia ruvida.

Ho masticato piano per paura di mordere i ricordi.

Come è possibile che in tutti questi mesi non ci abbia fat-

to caso? E soprattutto, come mai invece proprio oggi mi sono accorta della sua esistenza?
Domani sarà il mio primo giorno di liceo, sto per entrare in una vita nuova di zecca, eppure il sapore dolciastro del fico mi trascina a forza indietro di anni e a migliaia di chilometri verso Sud. È solo la fine di una lunga storia che faccio fatica ancora a raccontare.
Una lunga storia il cui principio ha un nome e un cognome ben preciso: Panevino. Non ridete, non è un'osteria, è una contrada sperduta sulle colline della Lucania, da cui si può guardare il mare, nelle giornate chiare senza foschia.

PERCHÉ
L'INFANZIA
FINISCE SEMPRE
PER ANDARE A SFRACELLARSI
CONTRO UN TRENO IN CORSA?

2

La mia casa a Panevino era una vecchia piccola masseria che mio padre aveva risistemato alla buona per la nostra famiglia, composta da me, i miei genitori, la nonna paterna, due cani, innumerevoli gatti, una tartaruga di terra, uccelli ospiti a non finire. Insieme ad altre quattro case, una piazzetta, una chiesa, una trattoria aperta solo la domenica, partecipava a costituire la mitica contrada Panevino.
La masseria era stata costruita più di cento anni prima dai signorotti della zona, i Panevino appunto, che così avevano dato questo buffo nome a tutta la piccola località. Veniva utilizzata come residenza estiva quando il sole della piana di Metaponto picchiava duro, ma era stata governata da contadini privi di ogni spirito innovativo, cosicché tutto intorno giaceva addormentato più o meno come nella favola di Rosaspina e la natura aveva potuto fare il suo corso indisturbata. Siccome anche mio padre era piuttosto slow e piuttosto fiabesco – secondo mia madre poteva incantarsi su un particolare facendo scorrere gli anni senza accorgersene – i mutamenti apportati dal suo lavoro di restauro furono lenti e modesti. Per mia

madre era un difetto, per me era un meraviglioso pregio. Va detto che io assomiglio moltissimo a mio padre come carattere, almeno questo è quello che mi sono sentita dire fin da piccola, e in effetti con lui da bambina avevo un rapporto senza macchie. Mentre, al contrario, con mia madre di macchie ce ne sono state sempre, macchie grandi e fangose come pozzanghere, difficili da mandare via. Insomma, la casa dove abitavo, circondata da ulivi secolari, filari d'uva bassi e stretti, cespugli odorosi, papaveri disordinati, ospitante una bouganville sempre fiorita per pergolato e un fico selvatico per tetto del vecchio forno in rovina, mi pareva il posto più bello che ci fosse al mondo, e non avrei dato a nessuno il permesso di spostare nemmeno un sasso.
La nostra casa era l'unica costruzione adibita ad abitazione del complesso colonico che i nonni paterni ci avevano lasciato in eredità. Oltre alla piccola costruzione diroccata del forno, era ancora rimasta in piedi un'altra casetta in sasso, con il tetto basso e spiovente, che un tempo ospitava la legnaia. Quello era il ricovero. Così lo chiamava mia nonna, così lo chiamavano i miei genitori, così presi a chiamarlo anch'io, e non ci fu nome più adatto a definire un luogo come quello. Immagino che loro si riferissero in modo vago a un ricovero per attrezzi da giardino, anche se noi non abbiamo mai avuto un vero giardino. Niente erba da tosare, niente fiori da accudire a parte la bouganville da annaffiare, niente siepi da pareggiare. Il concetto di ricovero però ebbe presto un'estensione molto ampia verso tutti gli altri oggetti della casa oltre a due vanghe e

un rastrello, accogliendo alla rinfusa mobili vecchi, abiti dismessi, quaderni di scuola usati, scarpe per la pioggia, ombrelli rotti, fino a raggiungere gli esseri viventi: gatte che dovevano partorire, cani ammalati in stretta convalescenza, mamma arrabbiata dopo un litigio con papà, e me stessa, in una stanza dove mi rintanavo a giocare e a fantasticare, tutti i pomeriggi prima del tramonto. Diventavo la piratessa ricchissima che faceva la conta dei suoi tesori e subito dopo una povera orfana con scarpacce fangose in cerca di elemosina. Piangevo così tanto per la mia triste sorte che quando sentivo la voce della nonna chiamarmi dal giardino per rientrare in casa a mangiare la merenda, ci mettevo qualche minuto a rendermi conto di dove mi trovassi e chi fossi davvero.

«Rossana *a nonna*, dove sei? Vieni a mangiare che sei secca come una formicuzza».

Ecco che sapevo di nuovo chi ero: la fragile formicuzza che nonna Elvira amava sfamare con le sue mani profumate di cucina buona e di sicurezza.

Preferivo invece ignorare il mio nome. Come avevano potuto mia madre e mio padre addossarmi un simile fardello che mi sarei trascinata dietro tutta la vita? Nessun compagno di scuola ci aveva mai azzeccato. Da noi al Sud c'erano in giro una montagna di Rosanna, Rosa, Rosaria, Rosetta, Rosina, Rossella, Mariarosa e Rosamaria, ma di Rossana c'ero solo io e quella doppia esse all'inizio del nome proprio non entrava nella testa delle persone, così il mio nome veniva storpiato regolarmente, lasciandomi disorientata e furiosa verso i miei stolti genitori.

Ed era proprio quando mi sentivo furiosa che scappavo nel mio rifugio, e non parlo del ricovero, cioè della casetta dei tesori e delle cose vecchie. Capite anche voi che fra la parola ricovero e la parola rifugio c'è una bella differenza! Il ricovero indica un luogo di passaggio, temporaneo, e in parte casuale. Il rifugio è una scelta, è unico, è tuo per sempre. Nel ricovero ci andavo a giocare, nel rifugio mi rintanavo quando volevo essere invisibile e quando i pensieri di rabbia chiedevano di essere sbolliti senza testimoni. In questo ero molto fortunata, perché l'avevo a portata di mano, a tre metri di distanza dalla porta di casa. Il mio rifugio era infatti il vecchio forno in rovina con i rami del fico a farmi da tetto.
Quando litigavo con mia madre, o peggio ancora quando mi sentivo ferita da lei, scappavo in quello spazio angusto, mi sistemavo per terra con la schiena contro il tronco nodoso e lasciavo che la fantasia facesse il resto. A pensarci adesso fantasticavo cose terribili. Immaginavo che mia madre non ci fosse più, senza tanti particolari, la facevo semplicemente sparire, insomma una cosa veloce, così potevo commiserarmi e vendicarmi allo stesso tempo. Mi immaginavo in una vita un po' malinconica ma molto soddisfacente con mia nonna che mi coccolava dalla mattina alla sera e mio padre che esaudiva ogni mio desiderio. D'estate il caldo espandeva l'odore dolciastro dei frutti maturi e io mi ubriacavo di quel profumo mentre mi proiettavo in altre vite. Accettavo di uscire dal mio rifugio soltanto quando era buio e le zanzare stavano per divorarmi viva.
Non avrei mai immaginato che solo pochi anni dopo

qualcuno mi avrebbe costretta ad abbandonare i tesori nascosti e il rifugio inviolabile, e che questo qualcuno sarebbe stata proprio mia madre. Mentre mi trascinava scalciante e urlante sopra il treno già in movimento, giuravo a me stessa che gliela avrei fatta pagare e che le avrei reso la vita impossibile.
Non feci a tempo. Ci pensò la vita stessa e fu più veloce e crudele di me.

3

Le prime settimane a Bologna trascorsero in sordina in un'anonima e afosa camera di albergo del centro. Mia madre aveva accettato la cattedra in una scuola elementare dicendo di non aver avuto alternativa: o il lavoro al Nord o la casa al Sud. E lei aveva scelto il lavoro levando a me la casa.

Così aveva deciso di arrivare a fine agosto per cercare una sistemazione stabile in vista dell'inizio del nuovo anno scolastico. Mentre lei girovagava sotto i portici alla ricerca di un cartello "Affittasi", io rimasticavo il diario di Anna Frank in attesa che mio padre venisse a riprenderci. La condizione di Anna del diario era sicuramente più tragica della mia, ma il dolore pulsante e il senso di totale impotenza che provavo me la faceva sentire estremamente vicina. Immaginavo di essere rinchiusa in quella camera per sfuggire a crudeli soldati che volevano la mia pelle, e anche se quello non era proprio il posto più adatto per produrre pensieri eccezionali, riuscivo ad arrivare a sera in una bolla d'aria che mi salvava dalla disperazione.

Ricordo perfettamente il giorno e l'esatto momento in cui

la bolla scoppiò e sentii il cielo che si abbassava fino a schiacciarmi i polmoni.
Eravamo in un trilocale di periferia che mia madre aveva scelto come nostra nuova abitazione senza aver chiesto il mio parere. D'altra parte se me lo avesse chiesto non sarei stata troppo tenera. Avevamo appena salito i quattro piani a piedi trascinando faticosamente le due valigie contenenti tutti i nostri passati: due passati in comune che però non riuscivano più ad incrociarsi.
«Allora, che ne pensi?», chiese mia madre tanto per dire qualcosa, mentre io me ne stavo ferma impalata nell'ingresso due per due senza alzare lo sguardo.
«Guarda, c'è anche un terrazzino», aggiunse per incoraggiarmi a fare qualche passo verso il mio futuro.
Lasciai la valigia nell'ingresso e passando per il soggiorno uscii sul balcone voltandole le spalle. In quel momento l'ultima cosa che mi interessava era il panorama, ma non volevo che mia madre si accorgesse delle lacrime che stavano spingendo sotto le palpebre e che se fossero uscite avrebbero inondato il trilocale e il quartiere intero di cui non conoscevo neppure il nome. Così le ricacciavo in gola strozzandomi per lo sforzo di trattenerle. Non perché non volessi addolorarla, piuttosto non volevo darle la soddisfazione di vedermi soffrire. Non volevo che sapesse più niente di me, del mio interno, della mia anima se ne possedevo ancora una, e per essere a quel tempo una ragazzina di 13 anni riconosco oggi che ero per lo meno cocciuta come un mulo.
Il balcone era la metà dell'ingresso, quindi a occhio uno

per uno. Un cubetto di cemento fra il cemento. Improvvisamente realizzai un fatto doloroso oltre ogni limite sopportabile. Non avrei mai più visto i filari d'uva, gli ulivi, i campi incolti rossi di papaveri, e le colline scendere fino al mare, non avrei più sentito il corpo nodoso del fico a contatto con la mia schiena, e neppure avrei inspirato il profumo dolce dei suoi frutti come carezza ai miei pensieri.

«Quando papà ci troverà mi verrà a prendere e io andrò via con lui», dissi con la voce rotta da un pianto trattenuto a stento, e lo sguardo su un orizzonte sconosciuto che mi rifiutavo di mettere a fuoco.

«Papà non verrà a prenderti».

La voce di mia madre mi colpì alle spalle come una lama di ghiaccio. Non mossi un muscolo ma il cielo fece un movimento brusco abbassandosi velocemente sulla mia testa. Mi appoggiai alla ringhiera per non cadere.

«Sei una bugiarda», dissi con un filo di voce. «Mi hai portata via a forza e come una ladra ma lui ce la farà a trovarci», continuai anche se il dubbio già si infilava bruciante in quella ferita aperta.

«Ti sbagli. Papà sapeva tutto. È stato lui che all'ultimo momento non ha avuto il coraggio di partire e ci ha lasciato prendere il treno da sole».

La lama mi si piantò fra le scapole e non mi fece più respirare. Non replicai nulla semplicemente perché boccheggiavo come un pesce fuori dall'acqua, ma mia madre non poteva vedermi e continuò.

«Rossana, devi fartene una ragione, ora siamo sole io e te. Io e papà abbiamo litigato e la nonna è morta da sei mesi ormai. Non c'è niente che ci possa far tornare indietro. Siamo qui e ci rimarremo, almeno per il prossimo anno scolastico. Ho bisogno di lavorare, cerca di capire...».

Le sue parole diventarono un brusio sordo nelle orecchie, vidi la bara della nonna mentre scendeva in quel buco nero di terra anche se non ero stata presente al suo funerale e sentii che stavo per essere inghiottita anch'io là sotto, il cielo precipitò sulla mia testa facendomi girare vorticosamente, le gambe cedettero e si piegarono come burro. Mentre cadevo in ginocchio su quel balcone sconosciuto mi uscì dalla gola un urlo strozzato che anch'io non riconoscevo come mio, ma era l'estremo tentativo di respirare che produceva un suono simile all'allarme antincendio.

Mia madre lanciò un urlo ancora più acuto del mio e mi fu sopra in un nanosecondo, mi prese per le spalle, mi girò verso di lei e cominciò a scuotermi come un sacco di patate.

«Rossanaaa, respira, respiraaa per carità!», mi urlava in faccia senza mollarmi con uno sguardo terrorizzato. Capii dal suo terrore che se non fossi riuscita a respirare entro breve sarei morta asfissiata, ma in gola avevo un cocomero che mi strozzava.

In uno sforzo sovrumano inspirai un filo d'aria producendo però un sibilo impressionante.

Mia madre non resse, estrasse tremante il cellulare dalla tasca e chiamò un'ambulanza.

Fu così che incominciò la mia frequentazione del Pronto Soccorso del più grande ospedale della città. I dottori mi piacquero subito: anche quando non capivano niente erano accoglienti, affettuosi e rassicuranti. Cercavano di aiutare il mio corpo a sopravvivere e lasciavano in pace i miei sentimenti, cosicché io potevo tenerli nascosti per non farmi troppo male.

Quel giorno un giovane dottore con una precoce stempiatura sulla fronte, guardando negli occhi mia madre sentenziò: «Probabilmente si tratta di una grave forma allergica a qualche polline. Avete cambiato casa da poco?».

Avvertii una grande gioia allargarsi nel mio petto e farsi strada fra bronchi e bronchioli, un'aria leggera che mi permise in pochi secondi di riprendere segretamente a respirare senza grossi problemi.

Ero allergica a Bologna e quel dottore lo avrebbe presto dimostrato.

4

Non andò esattamente come avevo sperato, sia a causa della lentezza della sanità pubblica che garantiva analisi e controlli ma solo a distanza di mesi, sia per l'ottusa caparbietà di mia madre che continuava a credere in un mio progressivo adattamento a quella nuova situazione, senza accettare l'evidenza: se non mi avesse portato via da Bologna e riportata a Panevino in fretta, sarei morta per mancanza d'aria.
Fui invece spedita a scuola il primo giorno con un pratico spray nella tasca esterna dello zaino, a portata di mano, da spruzzarmi in gola tutte le volte che iniziavo a sentirmi soffocare, nel convincimento che quel rimedio fosse sufficiente a risanare temporaneamente le ferite. Entrai nella mia nuova classe come una sonnambula, certa che ci sarei rimasta pochissimo e che quindi non valeva la pena di affrontare la fatica di conoscere i compagni e le compagne, per poi doverli salutare nuovamente.
Mi accorsi che gli altri mi guardavano con curiosità mista a diffidenza. Sorrisetti, occhi bassi che non si incrociavano con i miei, schiene girate al mio muto passaggio. Stavo

per formulare complesse teorie a riguardo, quando mi ricordai che il giorno prima ero passata dal parrucchiere sotto casa e mi ero fatta fare una simpatica cresta verde rame sulla testa che mi dava l'aspetto di un drago pronto a sputare fiamme e sentenze dalle fauci non appena qualcuno avesse osato rivolgermi la parola.

Mia madre, la sera, rientrando in casa aveva lanciato un grido soffocato guardando la mia insolita capigliatura mentre io continuavo a fissare imperturbabile lo schermo del computer.

«Ma che hai fatto? Lo sai che domani inizia la scuola, c'era bisogno di farti conciare in questo modo assurdo?».

Magari l'ho fatto apposta, mammina, non riesci proprio ad arrivarci? Avrei voluto sputarle in faccia, insieme a un fuocherello di odio.

«E chi ti ha dato il permesso di andare dalla parrucchiera senza chiedermelo? Dove hai preso i soldi?».

Sentivo la marea salire dalla pancia di mia madre e montare minacciosa contro di me. Ma invece di avere paura provavo un segreto godimento, desideravo che quella marea superasse ogni limite, straripasse, e venisse a sbattere contro la mia cresta verde rame. Insomma, meglio lo scontro fisico che tutte quelle parole. Ma la mia mamma bambina non tollerava lo scontro diretto e men che meno quello fisico.

Il discorso dei soldi mi scosse profondamente. Da quando in qua a casa nostra si parlava di soldi? E poi non sopportavo l'idea di passare per ladra.

«Li ho presi dal cassetto, abbiamo sempre fatto così, o no?».

«Sì, ma adesso le cose sono cambiate, viviamo solo del mio stipendio, e c'è l'affitto da pagare...».
«Non l'ho deciso io di cambiare».
«Lo so bene, ma la realtà ora e questa, e anche tu lo devi capire!».
Quanto odiavo quando mi parlava di *realtà* sbattendomela in faccia tutti i momenti. Com'è che fino a pochi mesi prima nessuno aveva avuto bisogno di citarla continuamente? Avevo vissuto in un sogno senza saperlo? In quel sogno nonna Elvira ogni tanto mi infilava in tasca una banconota dicendo che potevo comprarmi qualcosa da mangiare, sapendo bene che non avevo bisogno di nulla, tanto meno di cibo.
Cercavo di rifiutare: «Ma no, nonna, non ne ho bisogno».
E lei, ricacciando i soldi in tasca: «Non si sa mai, prendili».
Quel gesto mi faceva sentire al sicuro. Spesso mi dimenticavo di avere i soldi con me, ma sapevo che se fossi stata minacciata da qualcosa avrei trovato la nonna nel taschino dei pantaloni pronta a proteggermi e, se necessario, a battersi per me. Vidi la sconfitta negli occhi di mia madre di fronte alla mia finta indifferenza. Di colpo mi sentii triste invece di esserne contenta, e non capivo perché.
«D'accordo», disse alla fine. «Discorso chiuso. Aiutami a preparare la cena».
I discorsi chiusi erano la specialità di mia madre e si trasformavano all'istante in mine disseminate sul terreno, pronte a scoppiare fra noi nei momenti meno prevedibili al primo passo falso, ma mia madre non riusciva a tenere la tensione alta con me per più di dieci secondi. Era sem-

pre papà che le levava le castagne dal fuoco del conflitto. E papà non c'era più.
Preparammo in silenzio una caprese, non ancora rassegnate alla mancanza dei meravigliosi nodini del Sud, con una pappa bianca e molliccia spacciata per mozzarella, e diligentemente aggiungemmo origano e olio di oliva. Com'è che al Nord non hanno ancora imparato a fare delle mozzarelle decenti? Eppure il latte buono ce l'hanno, cos'è che manca? Le mani esperte che impastano e tirano e mollano?
«Anche per me domani è il primo giorno di scuola. Ho un'intera classe di bambini», disse mia madre senza rivolgersi a nessuno in particolare, con una punta di nervosismo infantile nella voce.
Eravamo sole, ma le nostre solitudini non potevano incontrarsi, e questo ci faceva paura.

SE È VERO
CHE NON È POSSIBILE
IMMERGERSI DUE VOLTE
NEL MEDESIMO FIUME,
PERCHÉ
A SCUOLA
SIAMO IMMERSI SEMPRE
NELLA MEDESIMA ACQUA?

5

Per fortuna non c'è un luogo più globalizzante e globalizzato della scuola. A qualsiasi latitudine del pianeta Terra vi capiti di varcare il suo confine potete stare certi che incontrerete cose che avete già visto, così se andate a scuola non c'è ragione per sentirvi spaesati. Tutto scorre eppure tutto è immobile. Potrebbe essere un nuovo concetto filosofico bello contraddittorio ma confermato dall'evidenza dei dati sensibili.
Nel giro di un'ora avevo già individuato fra i miei compagni di 3°A quello che interviene continuamente sparando sciocchezze a raffica come una mitragliatrice automatica, quella che non ti guarda mai negli occhi, quello che non ascolta niente e disegna su un foglio, quella che scrive di nascosto sul cellulare, quello che lancia palline di carta dalla parte opposta dell'aula, quelli che guardano davanti a sé ma stanno pensando ai cavolacci propri... d'altra parte noi alunni reagiamo in modo ripetitivo alla fissità degli insegnanti. Ci sono i professori che spiegano con un tono di voce che spegnerebbe la passione di un gatto in amore, altri che ti guardano sadicamente quando ti interrogano

sperando in un tuo scivolone, alcuni che ripetono le stesse lezioni da cento anni ricoprendoti di polvere, ma... attenzione! Esistono anche insegnanti eccezionalmente bravi che ti attivano il cervello e anche il corpo impedendoti di dormire, trascinandoti in giro per il mondo a partire dalla tua postazione banco senza mollarti un secondo.

Noi studenti, dopo la prima settimana di scuola, potremmo tirare una linea verticale sulla lavagna con la scritta "buoni/capaci" da una parte e "cattivi/incapaci" dall'altra, e riempiremmo le due colonne con i nomi dei nostri insegnanti senza grossi dubbi e senza bisogno di complicati test di valutazione. Perché non ci chiedono mai di farlo?

I professori capaci nella colonna dei buoni si contano sulla punta delle dita, ma quando ti capita la fortuna di incontrarne uno te ne accorgi subito ed è un'esperienza fortemente energizzante. Il tempo ricomincia a scorrere, le lancette dell'orologio a muro si spostano rapidamente, i neuroni si accendono tutti insieme producendo un mucchio di connessioni intelligenti, la curiosità ritorna a farti visita solleticandoti la pianta dei piedi.

La prof. che entrò quel giorno all'ultima ora, quando già le speranze di incontrare un professore decente stavano naufragando al largo su un mare piatto e scuro, era capace, brava, bella, piuttosto giovane e molto simpatica. Bisogna ammettere che una convergenza astrale incredibilmente favorevole si era addensata sulla testa di quella donna e per proprietà transitiva anche sulle nostre. Fummo costretti a svegliarci di colpo, sollevare lo sguardo, aprirci all'ascolto, riattivare la mente, ma lo facemmo volentieri perché questo ci consentiva di riportare la nave, già data per persa, nei pressi di un isolotto verdeggiante in acque fresche e chiare.

L'insegnante di Francese si chiamava Marina, come lei stessa ci comunicò entrando. Il cognome non ci sognammo neppure di chiederlo. Marina aveva due fari al posto degli occhi, fari azzurri di cielo sotto una massa scompigliata di capelli neri.

Il suo *bonjour* mi accompagnò per tutta la strada del ritorno e per i quattro piani fatti di corsa. Il nostro palazzo non aveva l'ascensore e questo era il motivo per cui pagavamo un affitto più basso del previsto. «Così ci manteniamo in forma», era stato il commento di mia madre, prima però di sapere che soffrivo di attacchi d'asma.

Lei era già in casa ed evidentemente si stava spogliando perché mi raggiunse nell'ingresso a piedi nudi insieme a Pulce uggiolante di felicità per avermi persa e ritrovata in così poco tempo.

«Stai male?», mi chiese preoccupata.

Solo allora mi accorsi che stavo ansimando, ma era stato lo sforzo di salire i gradini due a due.

«Non credo», risposi in tono enigmatico grattando vigorosamente Pulce.

Avrei voluto raccontarle l'incontro con la nuova classe ma soprattutto la gioia provata quando Marina aveva detto: «Rossana, il nome della protagonista del *Cyrano*, la mia *pièce* preferita!». «Non c'è niente da mangiare?», chiesi invece sgarbatamente.

Non c'era nulla che facesse sentire più a disagio mia madre

che la mia richiesta di cibo. Ero stata nutrita dalla cucina generosa di nonna Elvira, e sapeva che ogni altra cucina non avrebbe retto il confronto.

PERCHÉ
TUTTO
È IN MOVIMENTO
E NIENTE
PUÒ DURARE IN ETERNO?

6

I primi ad accorgersi della malattia della nonna fummo io e Achille, il nostro cane più vecchio.
Lui la seguiva ovunque, in casa e all'aperto, quando cucinava, quando sistemava la biancheria negli armadi, oppure fuori mentre strappava erbacce a suo dire nocive o innaffiava la bouganville che ci profumava le sere d'estate.
Nel momento in cui, però, la nonna varcava la soglia della camera da letto per andare a dormire, Achille si ritirava davanti l'uscio di casa. Forse voleva riappropriarsi del ruolo di custode e guardiano, umiliando Penelope, l'altra cagnolina più giovane, che non aveva queste ambizioni e ronfava placidamente sul divano insieme a qualche gatto temporaneamente a riposo dalle scorribande notturne.
Una sera lo vidi infilarsi nella camera della nonna e sistemarsi sul tappetino consumato ai piedi del letto, quando già si sentiva il suo leggero russare. Lo chiamai sussurrando il suo nome perché non volevo svegliare la nonna ma lui non mi diede retta. Si acciambellò come un cane piccolo e lì rimase fino al mattino. Questo fatto mi rese inquieta: sapevo che Achille non faceva nulla a

caso, era un cane saggio ed ero certa che possedesse dei pensieri che lo guidavano nelle azioni esattamente come accadeva a noi umani. Che cosa, dunque, lo aveva spinto a dormire ai piedi del letto della nonna quella notte?
Il giorno dopo incominciai a scrutare mia nonna in ogni suo movimento e mi accorsi di particolari che fino ad allora mi erano sfuggiti. Trascinava i piedi nelle sue pantofole color vinaccia, producendo un rumore sottile e sincopato: *sch sch, sch sch*, poi pausa perché prendeva fiato, e di nuovo *sch sch, sch sch*. Io e Achille prendemmo a seguirla come due cuccioli in pena, fino a quando la nonna non se ne accorse e sbottò: «Ma che avete voi due oggi, che non mi lasciate un attimo da sola?».
«Trascini i piedi, nonna. Ti fanno male le gambe?», le chiesi, sperando che lei potesse fugare ogni tragico dubbio che andavo covando.
«No, figlia mia, non sono le gambe, è il cuore che si è stancato di battere e va più lento», mi rispose lei che evidentemente era già cosciente della sua malattia. E d'altra parte il cuore era suo e le batteva nel petto, come sarebbe stato possibile che non lo sapesse?
«Non ti preoccupare, è solo la vecchiaia», aggiunse per tranquillizzarmi.
«Ma tu non sei vecchia nonna, hai tutti i denti e i capelli sono ancora neri».
«E che vuol dire? La vecchiaia ti colpisce come e quando pare a lei. Da me è arrivata presto e si è presa il cuore».
Io e Achille rimanemmo all'erta per tutti i mesi che seguirono, fino a quando anche i miei si accorsero che il suo

fiato si era fatto più corto, e la costrinsero a farsi visitare nel più vicino ospedale.

Non ebbi il coraggio di chiedere niente ai miei genitori per diversi giorni anche se mi rodevo nel dubbio che fosse qualcosa di grave, e i loro sguardi non mi rassicuravano. La nonna invece era allegra e affettuosa come sempre e non volevo essere io a rompere l'incantesimo facendola preoccupare con tante domande. Aveva liquidato la faccenda stringendomi fra le sue braccia: «Non ti lascio *a nonna,* come faccio ad andare in un altro mondo senza di te? Il paradiso è dove sei anche tu», e a me venivano le lacrime in gola.

Una sera però mi decisi a parlare con mio padre sotto il portico di casa, mentre gli altri stavano dormendo. Ricordo che stava arrivando la primavera, c'era quel profumo inconfondibile di erba appena nata e alberi in fiore.

«La nonna ha le valvole del cuore che non funzionano più», mi disse mio padre senza tanti giri di parole. «Non vuole farsi operare», aggiunse, con una smorfia di dolore sulle labbra. Il nonno era morto quando lui aveva undici anni e la nonna era stata tutto per lui. Intuivo quanto potesse soffrire perché anche per me mia nonna era tutto, nonostante avessi entrambi i genitori, vivi e vegeti e ancora giovanissimi.

La mattina la andai a svegliare prestissimo, lei che si svegliava sempre prima di tutti. Mi sedetti sul suo letto e l'affrontai: «Perché non vuoi curarti, nonna?».

Pensavo che se glielo avessi chiesto io avrebbe accettato di farsi curare e non sarebbe morta.

«Chi ha detto che non voglio curarmi?», domandò mentre si tirava su dal letto. «Prendo le medicine che mi ha dato il dottore anche se non ci credo».
«Ma papà ha detto che hai le valvole che non funzionano più e che non vuoi fartele cambiare».
«Tesoro di nonna, non mi farò aprire il petto perché mi mettano dei pezzi di ferro nel cuore. Però ti prometto che starò a riguardo e vivrò il più a lungo possibile». Capii che non l'avrei convinta, neppure se avessi fatto una delle mie sonore scenate di quando ero bambina, urlando e gettandomi per terra. Dovevo accettare la sua decisione anche se tremavo di paura e mi aggiravo spaventata per casa con la coda fra le gambe come Achille.
E alla fine quel giorno che temevo arrivò. Tornando da scuola sentii subito la sua assenza nella mancanza del profumo di cibo buono. Avvertii un silenzio senza odore di casa. Una vicina mi stava aspettando sulla soglia per darmi la notizia: la nonna si era sentita male e l'avevano portata in ospedale. Non tornò più. Mi rifiutai di andare al suo funerale perché non la volevo vedere chiusa in una cassa di legno senza aria. Sentivo che me l'avevano portata via, che non era stata lei ad andarsene, ed ero arrabbiata con il mondo intero. Mi barricai nel mio rifugio per giorni rifiutando il cibo e inghiottendo lacrime, mentre Achille si era andato a nascondere sotto il letto della nonna e sembrava morto. I miei genitori, a turno, venivano a chiamarci, facendo la spola fra l'uno e l'altra, supplicandoci di venir fuori da lì. Era settembre inoltrato, i fichi maturi dell'albero che mi faceva da tetto mi inondavano di nostalgia di nonna.

Alla fine vinse la vita per entrambi: uscimmo dalle nostre tane e riprendemmo a nutrirci, poco e male, perché sapevamo che mangiare non sarebbe mai più stato come prima.

7

L'incontro che mi fece sopravvivere i primi mesi a Bologna lo feci per caso in un negozio per animali dove andavo a comprare il cibo per Pulce. Mia madre naturalmente all'inizio non la pensò allo stesso modo, io invece so che mi salvò, per lo meno temporaneamente, prima che mi venissero in soccorso altri angeli in incognito. Fu come avere improvvisamente una rete di sicurezza sotto il terrazzino del quarto piano: l'idea di abitare tanto lontana dalla terra non mi piaceva per niente, e quando guardavo di sotto provavo uno strano senso di vertigine che mi attirava inspiegabilmente verso il basso.

La scuola era iniziata da un mese, io mi ci ero accomodata come su un vecchio divano con le molle rotte, scomodo ma familiare, e mi ridestavo solo nelle ore di Francese. Cominciavo a conoscere i dintorni di casa, una periferia né bella né brutta, con diversi parchi dove potevo perdermi seguendo Pulce. In centro mi rifiutavo di andarci, non mi interessava scoprire Bologna, ogni giorno covavo la speranza di poter salire su un treno e tornare laggiù in collina di fronte al mare.

Il "Paradiso degli animali" faceva parte del mio giro, e una volta alla settimana entravo a far rifornimento di croccantini per Pulce.
Mentre sceglievo fra svariate marche, colsi con la coda dell'occhio la sagoma di una ragazza che stava risistemando lo scaffale. Pulce si avvicinò a lei, probabilmente per sgraffignare una coccola o qualcosa da mangiare, che per lui equivalevano a un unico sommo piacere.
«Ehilà bello, come ti chiami?».
Quella ragazza aveva una voce profonda da donna in un corpo esile di ragazza. Mi affascinano le voci, nel senso che adoro le tonalità diverse. In genere mi piacciono quelle basse, che vengono dal petto, gorgoglii di cascate, e mi infastidiscono quelle di gola, stridule, o peggio ancora quelle di naso, che sembrano intrappolate nelle narici. Mi verrebbe voglia di urlare: «E soffiati il naso, tira fuori quella voce da là dentro!».
«Si chiama Pulce». Risposi con una vocetta tremula che mi infastidì ascoltare, ma immaginai che il mio cane non avrebbe cominciato a parlare proprio in quel momento, anche se io mi aspettavo che prima o poi sarebbe successo.
Sara, come seppi che si chiamava, aveva una folta capigliatura rasta, due anellini per ciascun orecchio e un minuscolo brillantino sul naso che mi piaceva da impazzire. Non potevo staccare gli occhi da quel puntino luccicante, e immaginai che lei l'avesse messo lì proprio per questo, per attirare lo sguardo degli altri sul suo viso, in un punto molto sensuale, quello della narice leggermente allargata sull'attaccatura del labbro superiore. I suoi occhi erano

di velluto nero con le palpebre che si allungavano verso l'alto e sembravano due fagottini di pasta morbida. Ma la cosa più bella di Sara era appunto la voce, profonda, con un'eco irraggiungibile che rimandava a luoghi lontani. Insomma, rimasi folgorata da lei. A confronto io parevo un uccellino tropicale con una ridicola cresta verde sulla testa e un becco, il mio naso, troppo grande. Ero più alta di lei di due spanne, ma sembravo piccola la metà. Forse fu per questo che quando mi chiese in che scuola andassi mentii e risposi che andavo al liceo.
«Quale liceo?», chiese lei gettandomi in uno smarrimento vicino al terrore.
Non conoscevo niente di Bologna, e men che meno il nome delle diverse scuole superiori, così dissi la prima cosa che mi venne in mente cercando di essere sufficientemente vaga.
«Un liceo internazionale». Avevo sentito parlare di alcuni licei nelle grandi città dove si studiano tante lingue e dove arrivano ragazzi da tutto il mondo, così provai a mentire inseguendo una fantasia di bambina.
«Ma dai, vai nel liceo dei ricconi della città!», disse lei spiazzandomi. Avrei voluto rispondere che no, non sarei mai andata in un liceo di ricconi, ma ormai era fatta e non potevo tornare indietro. Benone, mi dissi, ora ti sei fatta anche un'identità falsa, la prossima mossa è rubare in un negozio e poi sei pronta per essere spedita in galera.
Feci un sorrisino ebete, che non era né un sì né un no, per non dover mentire ancora, ma per Sara fu un sì.
«Io ho smesso di andare a scuola quest'anno. Avrei do-

vuto frequentare la quarta di uno schifo di professionale, ma ho deciso di mettermi a lavorare per uscire di casa», aggiunse lei. «Gli animali sono la mia passione e questo posto mi piace, non credi che sia carino?», mi chiese strizzando appena gli occhi.
Con quella espressione sembrava più piccola, quasi una mia coetanea.
Feci di sì con la testa. Non volevo deluderla. Là dentro c'era una puzza tremenda e l'idea di starci per più di dieci minuti mi faceva venire il voltastomaco.
«Allora vienimi a trovare ogni tanto con Pulce», aggiunse, scoprendo i denti bianchissimi in un sorriso, e il brillantino luccicò solo per me.
Presi i croccantini, pagai alla cassa, uscii, e dopo pochi metri incominciai a correre come una forsennata con Pulce al fianco fino al parco sotto casa. Lì mi fermai ad ansimare su una panchina e quando il cuore ritornò a battere quasi normalmente mi decisi a rientrare.
Quel giorno mi era successa una cosa importante, una ragazza molto più grande di me, con un naso luccicante e la voce più suadente che avessi mai sentito, mi aveva rivolto la parola, mi aveva preso per una liceale, e mi aveva invitata a tornare da lei.
Avevo anche scoperto che correre mi toglieva l'ansia e potevo avere l'affanno senza che arrivasse l'attacco d'asma. Non capivo perché, ma mi parve una cosa buona e pensai che le cose buone arrivano sempre insieme, esattamente come le cose cattive, del resto.

8

Arrivò ottobre e a me sembrava inverno. Io che in ottobre a Panevino andavo ancora a godermi gli ultimi bagni e la sabbia tiepida, ero già infagottata in una spessa giacca a vento. Pioveva da giorni e l'umidità si condensava in una nebbiolina che a sera ti entrava nelle ossa e nel cuore producendo una tristezza invincibile e un naso colante.
Mia madre sperava di riconquistarmi, ma io le concedevo il minimo indispensabile per un armistizio temporaneo, in attesa di una nuova battaglia. Adesso riconosco che faceva degli sforzi enormi per venirmi incontro, aveva accettato Pulce pur controvoglia, cercava di non rimproverarmi troppo spesso, anche quando gliene davo motivo, provava a mostrarsi diversa da come la volevo vedere.
Aveva arredato l'appartamento con pochi e semplici mobili comprati da Ikea, sia perché era così piccolo che ci stava giusto l'essenziale, sia perché lei aveva sempre odiato i mobili antichi e ingombranti della nostra masseria.
«A che servono? Occupano spazio e non sono pratici», diceva noncurante in quell'altra vita.
Forse aveva anche ragione, ma io ne ero innamorata e

nella vecchia casa di spazio ne avevamo tantissimo, perché mai avremmo dovuto fare economia di metri quadri? Riconosco che nello striminzito trilocale dove vivevamo eravamo costrette a prendere delle decisioni concrete: o il divano o la sedia a dondolo, o la libreria o la credenza per i piatti. Optammo per il divano dove ci stavamo tutti e tre, io mamma e Pulce, anzi, io Pulce e mamma, e per la libreria, dove potevamo sistemare almeno i nostri libri preferiti, affastellando le stoviglie nei piccoli mobiletti della cucina e quando non ci stavano anche sopra.
Un giorno, rientrando da scuola, trovai nel soggiorno un vecchio tappeto afghano, dai colori caldi e scuri, e ne fui stupita. Anche mia madre lo stava guardando.
«E questo?», chiesi con il mio solito garbo.
«L'ho comprato stamattina, che ne pensi? È un tappeto usato, hanno detto che è vecchio, insomma ho pensato che potesse rendere la stanza più accogliente. Vedi? Anche io posso cambiare...».
La mattina dopo ci svegliammo come al solito alle sette e mentre ero in bagno sentii un urlo di mia madre provenire dal soggiorno. Corsi di là con il dentifricio ancora nella bocca e vidi il tappeto sminuzzato nei bordi e una poltiglia gialla disseminata sopra. Pulce in un angolo del divano ci guardava con gli occhioni colpevoli da sotto in su. Immaginammo che si fosse accanito a mangiare la frangia di quella che per lui era una nuova coperta fino a vomitarla sul tappeto stesso.
«Pulce!», gli urlai arrabbiata.
«Lascia stare», disse mia madre. Piegò in quattro il tappe-

to, lo sollevò un po' a fatica e lo ficcò in un sacco dell'immondizia. «Lo butto via nel cassonetto andando a scuola. In fondo non è vero che sono cambiata... non mi piaceva un granché».

Fui sorpresa da un nuovo sentimento per lei. Era sempre la madre bambina che mi aveva strappato agli affetti più cari, che mi aveva trascinato via dal mio rifugio e dal ricordo di mia nonna, e che mi aveva tolto mio padre, sia fisicamente che idealmente. Eppure provai un misto di tenerezza e pena che mi fece star male.

Mio padre lo avevo sentito soltanto una volta. Da quando mia madre mi aveva detto che lui aveva accettato di perdermi facendomi rapire da lei senza batter ciglio, lo avevo seppellito nella mia mente in una bara accanto a mia nonna, non rispondendo alle sue chiamate, anche quando mia madre mi aveva finalmente restituito il cellulare. Anzi, molto più lontano di mia nonna.

Quel pomeriggio piovoso, mentre cercavo di evitare le pozzanghere con Pulce al seguito, squillò il telefono. Quando vidi PAPÀ sul display, il cuore diede un colpo a vuoto, per poi ricominciare a battere fortissimo. Aspettai qualche secondo di suoneria impazzita e poi risposi.

«Rossana». La sua voce mi fece letteralmente tremare.

«Sì», risposi io.

«Ciao, come stai?».

Silenzio.

«Rossana, sei lì?».

«Quando vieni a prendermi?», domandai di rimando.

«Senti, qui non è una situazione facile...».

TUTUTUTUTUTU, avrebbe fatto il telefono fisso che avevo in casa a Panevino e che ora non possedevo più. Invece si sentì solo un banale CLICK e poi silenzio.
Avevo messo giù la telefonata e avevo fatto sparire mio padre sotto una montagna. Non sapevo come avrei potuto tirarlo nuovamente fuori da lì, perché insomma un padre è sempre un padre e la vita è lunga, ma in quel momento non mi interessava. Volevo solo farlo sparire dalle mie orecchie e placare il sibilo che aveva incominciato a salirmi in gola. Non avevo lo spray con me, perché ero senza zaino. Il sibilo aumentava e l'aria diminuiva.
Quando arrivai all'ultimo piano del mio palazzo stavo soffocando. Mia madre non aspettò neppure che le spiegassi cosa fosse successo con il filo di voce rimasto, mi caricò su una Panda usata che si era comprata per raggiungere la scuola fuori città tutte le mattine, e mi portò sparata al Pronto Soccorso.
Qui aggirai tutti i codici bianchi, gialli e verdi ed entrai sparata con il rosso, mi fecero una flebo di cortisone, ma avevo già ricominciato a respirare non appena ero stata presa in carico dalle infermiere *mamme* e dai dottori *papà* dell'ospedale. Anche se mi sentivo già bene, i medici decisero di trattenermi e di inviarmi a fare direttamente i test sulle allergie in un reparto specializzato.
Conobbi la dott.ssa Santi, specialista in allergologia, cioè in tutte le allergie più strane. Bolle rosse sulla faccia, mani che si spellano, gola che si chiude, labbra che si gonfiano e chi più ne ha, più ne metta. Forse anche nelle allergie alle città, pensai.

Lei non era una mamma, era una tempesta sotto forma umana. Rispondeva al telefono, dava ordini all'infermiere per il paziente che aspettava nell'altra stanza, parlava con me mentre preparava i test che mi avrebbe dovuto somministrare, e ogni tanto mandava qualche accidente all'indirizzo di un responsabile dell'ospedale o del governo che la costringeva a lavorare con quei ritmi da tritasassi. Era una giovane donna, quasi una ragazza, con il camice aperto sul golf e sui jeans stinti, una coda di cavallo storta e un viso in perenne movimento senza ombra di trucco. A un certo punto si fermò, si girò verso di me e mi fissò, come se si fosse accorta in quel momento della mia presenza nella stanza.

«Ciao!».

«Buongiorno», risposi io educatamente.

«Ti chiami Rossana, vero?».

Feci di sì con la testa.

«Mi vuoi dire cosa ti succede con il respiro?».

Ci pensai su, poi abbozzai quella che mi sembrava la verità: «Non so, improvvisamente sento la gola che si stringe, mi viene fuori un suono strozzato e incomincia a girarmi la testa».

Continuava a fissarmi e io cominciavo a sentirmi in imbarazzo.

«Ora ti farò dei graffietti sul braccio per testare i pollini principali e poi dovrai aspettare in sala d'attesa mezz'ora, vediamo cosa viene fuori, d'accordo?», e ricominciò a muoversi e a sbraitare in giro.

Nel corridoio aspettai seduta su una sedia scomoda ac-

canto a mia madre che intanto si era messa a leggere un libro. Mia madre leggeva sempre. Se mi sforzo di ricordare una delle prime immagini di lei quando ero piccola la vedo con un libro in mano, assorta e lontana da me. Sulla poltrona, al tavolo del salotto, nella sua camera sulla scrivania, distesa sul letto, in cucina appoggiata ad un mobile mentre gira un sugo... come ero gelosa di quel suo mondo fatto di segni scuri incomprensibili! Ora non più. Mi andava bene che se ne stesse dietro i suoi libri a distanza di sicurezza da me.
«Allora, come va?», chiese alzando gli occhi dalla pagina dopo qualche minuto.
«Bene, come vuoi che vada? Qui mi sembra tutto a posto, non si gonfia niente a parte questo punto», e ci mettemmo a scrutare i piccoli segni indicati con il pennarello. Soltanto uno si era leggermente gonfiato e arrossato.
Quando la porta dell'ambulatorio si aprì e l'infermiere mi fece cenno d'entrare scattai in piedi per essere sicura che mia madre non volesse seguirmi.
La dottoressa fece il giro della scrivania e venne di fronte a me, mi prese le mani per guardare meglio l'interno degli avambracci e stette a meditare.
«Qui non c'è niente», disse alla fine guardandomi in faccia.
«E quello?», domandai io aggrappandomi all'unico ponfo neppure tanto grosso.
«Quello si gonfia a tutti, è la sostanza di controllo».
Lasciò andare le mie mani e incrociò le braccia sul petto, stropicciando il camice già malmesso. Non parlava ma mi osservava pensosa stringendo gli occhi.

«Senti Rossana, non è che hai qualcosa qui in gola che non vuole né scendere né salire?».
Stetti a pensare, poi risposi esitante: «Beh... sì, qualcosa ci sarebbe».
«E che cos'è, me lo vuoi dire?».
«Panevino».
«Mi prendi in giro?».

9

Il capo della dottoressa si era inclinato pericolosamente da una parte spostando completamente la coda di lato e rendendola più inquietante di come fossi io con la mia cresta verde rame. Mi dispiaceva deludere quella donna tempesta che cercava di individuare le reazioni più assurde delle persone alla realtà circostante e alle circostanze della vita. Mi sforzai di trovare le parole giuste.
«È esattamente quello che volevo dire: Panevino. Non è un'osteria, è il luogo della mia infanzia da cui mia madre mi ha portata via».
Vidi le rughe della sua fronte sciogliersi immediatamente, le spalle che si rilassavano e un sospiro di sollievo che raddrizzò di colpo la sua testa. Era arrivata in fondo alla strada, ora poteva mollare la tensione.
Andò dietro la sua scrivania, si sedette, cercò una biro in mezzo alle carte sparse, la trovò, cercò un foglietto su cui scrivere, lo trovò, scrisse un nome e un numero di telefono.
«Ecco, è la psicologa del reparto, un'amica. Se hai voglia di tirare fuori quel sasso che ti stringe la gola telefonale e vai a fare due chiacchiere con lei».

«Grazie» dissi, ma non mi mossi.
«C'è qualcos'altro?», chiese lei dopo qualche secondo mentre l'infermiere la chiamava ululando dall'altra stanza.
«Potrebbe non comunicare a mia madre il risultato delle analisi?».
Fece una smorfia con la bocca.
«Proprio non comunicarlo, no, non posso, e neppure posso falsificare i dati... però... potrei dire che per ora non è emerso niente e che ci vediamo fra un mese per ulteriori approfondimenti, che ne pensi?».
«Ne penso bene, grazie!» e le mollai un sorriso, cosa che ultimamente mi capitava assai di rado.

In macchina mia madre parlava continuamente per riempire il vuoto e l'ansia delle ultime ore, io mi sentivo esausta e volevo starmene in pace, ma avete presente una Panda? Ha veramente uno spazio troppo ridotto per isolarsi e dedicarsi ai propri pensieri.
Però in quel periodo avevo messo a punto una tecnica di sopravvivenza che mi faceva staccare l'audio esterno tenendo attivo solo quello interno. Il tutto facendo ritmicamente un piccolo movimento con la testa che al parlatore di fianco appare come un timido assenso alle sue parole, comunque un segnale di ascolto. In realtà nulla di quello che sta dicendo giunge alle cellule nervose del cervello, tutto si disperde nel corpo fino a dissolversi credo attraverso un leggero sudore delle mani, evento questo che riscontro puntualmente.
Insomma, stavo attuando la mia strategia stop-audio-

esterno quando nel discorso in sordina di mia madre le parole *tuo padre* suonarono come una nota stonata di un decibel sopra le altre ed ebbero l'effetto straziante del gesso sulla lavagna.
Ricominciai, mio malgrado, ad ascoltare.
«...perché è vero che con *tuo padre* ho litigato, ma si può sempre riprendere il dialogo, potrebbe anche essere una situazione temporanea, anche lui ha avuto i suoi problemi... e poi per te è sempre *tuo padre*, forse dovresti...».
«Mamma, ferma!».
«Oddio, cosa succede?» e mia madre frenò di botto facendo precipitare la sua borsa aperta dal sedile posteriore nei sotterranei della macchina.
«Niente, accosta che scendo».
«Ma stiamo per arrivare a casa, non puoi aspettare?».
«Ho bisogno di fare una corsa nel parco, ti prego, lasciami andare».
«Sta anche piovendo, ed è buio...».
«Mamma, ti prego!», la voce mi uscì così strozzata che mia madre colse la disperazione delle mie corde vocali e si arrese.
«D'accordo, se ti fa bene... ma non tardare, per favore, non farmi stare in pensiero».
Scesi quasi già correndo, attraversai la strada senza guardare troppo bene se arrivavano delle auto e mi infilai nel parco. Seguii la stradina di ghiaia per via della pioggia e delle pozzanghere, alzai il cappuccio della giacca sulla testa e mi concentrai sul rumore delle scarpe sui sassolini: *trac trac trac* e i pensieri lentamente si sbriciolavano,

trac trac trac e il cuore ricominciava a battere, *trac trac trac* e l'aria fredda mi apriva ritmicamente i polmoni...
Le goccioline di pioggia mi bagnavano la faccia e scivolavano negli occhi. I contorni degli alberi ballavano e io sentivo solo il mio rassicurante *trac trac trac*. Alla fine del parco uscii da un cancello posteriore e mi infilai in un'altra stradina che conduceva fra i giardini di casette basse e illuminate da lampioni gialli. Il pavimento era di mattoni e non sentivo più il rumore della ghiaia sotto le scarpe, solo il mio respiro. Un gatto nero mi attraversò la strada, frettoloso e desideroso di rientrare in casa, fortunato lui. Continuai a correre seguendo la stradina che girava in tondo e poi tornava indietro come in un gioco dell'oca. Alla fine di quello strano percorso la strada terminava contro una villetta, ma prima di fare dietrofront e ripercorrere i miei passi fino al punto di partenza, dovetti fermarmi a respirare, piegata in due dall'affanno. Non sarei morta di asma, forse, ma se non mi fossi fermata mi sarebbe venuto di sicuro un coccolone.
E lì, con le mani bagnate aggrappate alle ginocchia, la cresta sgocciolante sul naso, il fiato corto, sentii per la prima volta quel suono meraviglioso provenire da fuori e da dentro, contemporaneamente. Un magnifico urlo di dolore e di gioia che l'aria spinta a forza in una tromba produce quando chi ci soffia dentro sa come farlo. E la persona che soffiava in quel momento sapeva benissimo come farlo! L'urlo s'impennava verso il cielo con uno slancio che sembrava non dovesse finire mai più, poi invece atterrava giù, basso, nelle viscere della terra e della mia pancia. Mentre il

respiro tornava quasi normale cercai di seguire quel canto per capire da dove provenisse. Nella villetta di fronte una luce accesa al piano terra faceva pensare che il musicista si potesse trovare là dentro, dietro le tende. Mi avvicinai silenziosamente e arrivai proprio sotto il cono di luce, perché la casa stranamente non aveva cancelli né reti di recinzione. Era una vecchia casa colonica rimessa in ordine, ma non ristrutturata in modo finto ed elegante. Nello spirito e nell'anima, perché secondo me le case hanno una propria anima, assomigliava alla nostra masseria e a come mio padre l'aveva resa vivibile senza stravolgerla.
Mi acquattai sotto la finestra appoggiando la schiena al muro umido e rimasi in ascolto. La tromba cantava, eccome se cantava, una storia antica proprio sopra la mia testa. Mi portò dritta a Panevino, all'alba dei miei ricordi, avrò avuto tre anni, quando mio padre sparava a tutto volume il jazz e il blues e il gospel e sembrava che ci fosse un coro di neri e di nere che urlava a squarciagola nella nostra cucina. Alla fine piazzava sempre il suo preferito, Dizzy Gillespie, e la sua tromba faceva il giro della casa fino a travolgere persino me e nonna Elvira mentre facevamo i nostri giochi-lavori insieme. Il volume era così alto che non potevamo più parlare, ma quella colonna sonora ci bastava per darci vita e ritmo. Mio padre la usava per completare i suoi lavori di falegnameria in giardino, quelli che richiedevano passione e precisione. Aveva studiato architettura senza riuscire a laurearsi. La sua capacità di creare e trasformare era meglio di un pezzo di carta, anche se la nonna per quel pezzo di carta mancante ci aveva fatto una malattia.

Mia madre era l'unica che sembrava non accorgersi di Gillespie o del coro di gospel in cucina, perché a quei tempi studiava filosofia, cosa che fece diligentemente in tutti gli anni della mia infanzia, senza cedere neppure di fronte alle mie richieste lamentose o alle mie tremende scene di gelosia verso Socrate e Schopenhauer. Lei leggeva concentrata, nelle posizioni più assurde, e riempiva quaderni interi di appunti con una calligrafia minuscola e perfetta che le invidiavo tremendamente anche quando non sapevo né leggere né scrivere. In quei riccioli di inchiostro intravedevo i segreti e le zone vietate dalle quali ero esclusa. I miei genitori bambini mi avevano comprato splendidi albi illustrati per tenermi buona ma a me sembrava che quei tre mattoni che raccoglievano l'estetica di Hegel dovessero essere infinitamente più interessanti, tanto che una volta li usai per costruire i muri della casa delle bambole, con somma arrabbiatura di mia madre. «Deve pure far qualcosa la creatura mentre voi studiate e lavorate!», sbottava mia nonna in mia difesa, e in quel *qualcosa* io ci leggevo *ogni cosa*, il petto gonfio dell'amore della nonna, piena di una smisurata felice onnipotenza.

10

A scuola avevo conosciuto i miei compagni e le mie compagne abbastanza per non avere più timore di entrare in classe, ma anche abbastanza per non avere più curiosità di incontrarli.
«Possibile che non ci sia qualcuno che ti piaccia particolarmente?», incalzava mia madre durante le nostre cene solitarie in risposta ai miei deprimenti borbottii.
«Possibile», rispondevo io per stroncare ogni ulteriore replica.
Avevo la tentazione di rispondere diversamente. E cioè che c'era qualcuno che *non* mi piaceva particolarmente. Ma questo avrebbe sollecitato mia madre a elargire consigli a gogò su come intessere buone relazioni con il mondo creato intero. Così tacevo anche se dentro di me facevo la classifica degli insopportabili.
Al primo posto pari merito c'erano Eleonora, la più saputa, e Mattia, il più gradasso. Per par condicio una femmina e un maschio anche se per ragioni diverse. Eleonora, occhialuta e strabica, non ti guardava mai dritto negli occhi, forse a causa del suo difetto di vista, ma a

mio parere anche per una convinzione di superiorità totale verso il genere umano. Mattia, tarchiato più del dovuto per un tredicenne in espansione, con due orecchie ipertrofiche che i suoi genitori sadici facevano risaltare tagliandogli i capelli a zero, brandiva un coltellino da boy-scout non appena i professori scrivevano alla lavagna voltandoci la schiena, accompagnando l'esibizione con gestacci pornografici. Alla fine erano così prevedibili che pur nella loro antipatia quasi non li vedevi.
Al terzo, quarto e quinto posto collocavo le tre *inseparabili unghie finte*, con brillantini e stelline variopinte sulle punte delle unghie ricurve e plasticose come artigli morti di uccelli rapaci, con cui tastavano di continuo i loro touchscreen producendo quei *tic tic tic* che ti spaccavano i nervi. So che l'aspetto fisico ed esteriore non dovrebbe influenzare il nostro giudizio sulle persone, ma ho una repulsione per quelle unghiette quadrate e colorate che mi impedisce l'obiettività, lo ammetto.
Al sesto posto una mosca tze-tze di nome Alberto, che amava darti i *cricchi* sul collo quando avevi la sfortuna di trovartelo nel banco dietro al tuo, o farti lo sgambetto quando stavi andando alla cattedra per correggere un compito, senza farsi mai scoprire dai professori. Mi veniva voglia di farmi giustizia da sola, ad esempio rovesciandogli la cioccolata bollente sulle mani o anche mollandogli un calcio ben assestato negli stinchi, se non fosse che sono sostanzialmente una non violenta.
Gli altri non erano né simpatici né antipatici, semplicemente facevano massa. Forse dovevo darmi il tempo di

conoscerli meglio, come suggeriva mia madre, ma il fatto era che io non volevo darmi tempo, volevo che il tempo tornasse indietro o in mancanza di questo miracolo che almeno andasse avanti in fretta, per potermene tornare a casa mia, a Panevino, il più presto possibile.

Dovetti però ricredermi, almeno in parte, e almeno su un punto della classifica, in seguito a un incontro casuale in biblioteca. A riprova del fatto che ogni certezza è certa fino a quando non viene contraddetta, cioè prima o poi e quasi sempre.

Ero andata a cercare un romanzo della Austen nella piccola biblioteca di quartiere, sperando ce ne fosse uno che non avessi ancora letto. È la mia autrice preferita, so che può sembrare un gusto retrò da signorinetta romantica e che mal si addice alla mia cresta draghesca, ma la verità è che a me piace un mondo quell'atmosfera brumosa e ironica, anche se per prudenza non lo confesso a nessuno e la leggo nella solitudine di casa mia. Ero già davanti al computer della bibliotecaria che stava segnando il mio nome e il titolo sullo schermo, quando vidi Eleonora che si avvicinava con un libro.

Avrei voluto strappare *Amore e Amicizia* dalle mani della diligente e lenta impiegata, e correre verso l'uscita prima che la mia saputa compagna potesse vedere cosa mi apprestavo a leggere, ma negli ultimi tempi i desideri non si avveravano mai. Eleonora venne proprio accanto a me e ci scambiammo un ciao di convenienza. Io sbirciai il suo titolo: *Dieci piccoli indiani*.

Agatha Christie in quel momento mi parve un baluardo di

modernità e trasgressione di fronte alla mia Austen. Non so neanche io perché, ma la aspettai e uscimmo insieme dalla biblioteca.
«Ti piace Jane Austen?», mi chiese a bruciapelo scendendo le scale.
«Abbastanza», mentii senza guardarla in faccia.
«A me piace un sacco», disse lei placida.
«Beh, a dire il vero anche a me», aggiunsi io a quel punto.
«Hai visto i film che hanno tratto dai suoi libri?».
«Tutti!».
«Anche io!».
«Vuoi venire da me che ci guardiamo *Orgoglio e pregiudizio* in inglese?», mi chiese Eleonora. «Sono da sola in casa, i miei tornano tardi», aggiunse.
«L'ho già visto quattro volte, ma ci vengo», risposi io.
Fu un pomeriggio strano, emozionante e rassicurante insieme. Ero accanto all'insopportabile n.1 eppure palpitavo con lei per la stessa scena del temporale quando Elisabeth e Darcy si perdono ancora una volta prigionieri del loro orgoglio e del loro pregiudizio sull'altro. Certe però che il finale sarebbe presto arrivato a ritemprarci dalle ansie e dalle fatiche quotidiane.
Nel salutarci Eleonora mi sorprese ancora: «Senti, mi fa piacere se ci vediamo qualche pomeriggio, ma a scuola preferisco fare finta di niente. Sai com'è, ho una reputazione da secchiona noiosa che mi serve per non farmi rompere le scatole da nessuno».
Rimasi un po' offesa ma la capii. La classe è una giungla, e d'altra parte anche io avevo una reputazione da difende-

re: quella di un drago sputafuoco che non aveva nulla da spartire con una secchiona noiosa.
A parte Jane Austen, è ovvio.

11

Riconosco che oltre all'umidità, l'autunno a Bologna presenta anche qualcosa di bello: un manto di foglie secche di tantissimi gialli diversi che quando c'è il sole ti abbaglia e ti scalda il cuore se non proprio le ossa. Fa *cromp cromp* a ogni passo e tu cerchi di poggiare piano i piedi per non rompere le foglie, così fragili come cristallo. Insomma, questa è una cosa bella.
Diciamo quindi che a novembre davo qualche segno di minimo adattamento alla nuova situazione, se ero in grado di apprezzare le foglie secche e gialle in quantità industriale. Ero andata ancora un paio di volte da Eleonora e mi era piaciuto: è eccitante condividere una dipendenza e farti scorpacciate di ciò che ami in santa pace senza farti dei problemi, chiedendoti se è giusto oppure no. Ti piace e basta, e l'altra persona è tua complice e non ti farà mai queste domande.
Avevo anche preso l'abitudine di correre nei parchi vicino casa e Pulce mi seguiva volentieri. Mi sembrava di non avere più il respiro corto, la gola mi stava lasciando in pace. Ero tornata diverse volte davanti alla casa

del trombettista per sentirlo suonare, scoprendo che si esercitava regolarmente a orari quasi fissi: dalle tre alle cinque e dalle sette alle otto della sera. Probabilmente aveva fatto un patto con i vicini di casa, i quali alle otto e cinque avrebbero chiamato i vigili e forse anche l'esercito per farlo smettere. Perché un conto è suonare il pianoforte, o la chitarra o anche il violino, un'altra cosa è suonare la tromba che con il suo urlo ti spacca i timpani oltre che il cuore.

A me quell'urlo faceva bene, quindi mi recavo quasi tutti i giorni all'appuntamento, facendo finta di essere stata invitata personalmente al concerto di un musicista che si esibiva in un assolo soltanto per me. Avevo scoperto che di fronte alla casa, a pochi metri di distanza, c'era un muretto con una fontanella. Pulce si abbeverava copiosamente dopo la corsa e io mi mettevo in ascolto appollaiata accanto alla fontana.

Il pensiero volava subito a Panevino. Era il mio modo di ricordare senza piangere ma anche senza strozzarmi con le lacrime in gola. Mi pareva che Panevino fosse davanti a me, mentre mio padre ultimava la libreria per il soggiorno in un angolo del prato, e io con i miei cugini ci divertivamo a giocare a nascondino. Beh... mia madre come al solito studiava, barricata in qualche stanza per non essere disturbata da noi. Risentivo ancora le urla scomposte quando qualcuno scopriva il nascondiglio dell'altro e urlava: «Visto Francesco dietro il cespuglio di rosmarino... tana! Vista Rossana nel ricovero... tana!» e poi i passi di corsa per cercare di arrivare a toccare l'albero base per

primi, un pino marittimo alto alto e profumato di resina. Mi sembrava ancora di sentire il loro respiro, di vedere le guance arrossate e il sudore fra i capelli appiccicati sulla loro fronte. Infine la merenda della nonna che ci metteva tutti in pace davvero e a riposo: fette di limone con lo zucchero, crostata di ricotta, ma anche mozzarelle a volontà.
I miei cugini erano Margherita e Francesco, più piccoli di quattro e di due anni, figli della sorella di mia madre, che abitava a Matera e veniva a trovarci una volta alla settimana.
I loro genitori, cioè i miei nonni materni, invece non venivano mai. Non mi facevo troppe domande, ma capivo dai discorsi di mia madre e di zia Eugenia, più grande di lei di alcuni anni, che c'era qualcosa che non andava fra noi e i nonni di Matera.
Mi stavano simpatici i cuginetti, a volte Francesco voleva stravincere o Margherita mi chiedeva in prestito qualche gioco, tanto sapevamo che il venerdì successivo ci saremmo rivisti e saremmo ripartiti da dove ci eravamo lasciati. Questo era rassicurante, ci levava l'ansia di dover concludere tutto o risolvere le questioni in un solo pomeriggio. E di nonna invece per me ce ne era una sola: nonna Elvira, così grande e buona che non lasciava spazio per nessun altro.

Tornai anche al "Paradiso degli animali" con Pulce. D'altra parte erano finiti i croccantini e desideravo rincontrare Sara anche se temevo di non essere all'altezza.
La vidi che sistemava scatolette per gatti, minuta e po-

tente. Mi avvicinai silenziosa. Lei si girò di scatto come se avesse sentito il mio sguardo sulla schiena.
«Ehi, chi si rivede!». Ecco la sua voce farsi spazio nel mio corpo.
«Ciao» dissi io, puntando dritto al brillantino sul naso. Pulce era entusiasta della puzza e sniffava tutti gli scaffali con convinzione.
«Che cosa ti serve?» mi chiese professionale.
Glielo dissi e mi aiutò a scegliere una buona marca a prezzi abbordabili.
«Se mi aspetti esco anch'io, devo recuperare due ore di straordinario. Passo da casa a prendere Jenny, la mia cagnolona, e poi, se ti va, facciamo un giro insieme al parco».
Certo che mi andava! Non mi aspettavo una proposta simile e mi sentivo le gambe di ricotta però riuscii ad accettare.
«Abito a cinque minuti da qui», aggiunse.
La sua casa era al di là del parco, dove spesso andavo a correre, e molto vicina anche alla casa del trombettista. Fu così che mi venne l'idea di invitarla nel mio auditorium personale. Subito dopo me ne pentii mordendomi la guancia a sangue. E se non le fosse piaciuto? Se l'avesse trovato sciocco? E se avesse capito da questo che ero una ragazzina di terza media incline alla nostalgia piuttosto che una liceale capace di gestire il suo futuro?
«Fantastico!» esclamò quando l'urlo della tromba frantumò l'aria della sera.
«Una volta rompiamo la finestra, ci fiondiamo dentro e andiamo a conoscere il genio della musica», disse accendendosi una sigaretta. Sgranai gli occhi. «Ma no, dai, sto

scherzando...», e le sue palpebre gonfie e morbide si allungarono verso l'alto. I nostri cani sciolti dai guinzagli familiarizzavano contenti. La tromba intanto faceva le sue capriole nell'aria.

«Però, se ti va, invece, un giorno andiamo a sentire un gruppo che mi piace da morire. Sto aspettando da tanto che vengano a Bologna, prima o poi succederà, e quel giorno saremo lì ad aspettarli».

Mi sembrava di volare. Avevo appena ricevuto l'invito ad andare a un concerto. Anzi, al mio primo concerto! Quello che si ricorda per sempre.

12

La musica entrò nella mia vita insieme a Sara e per me fu un'unica grande scoperta.
Navigando e lasciandomi trasportare dalla mia nuova amica incappai nella musica hard rock, grunge, heavy metal, e poi hair metal o glam metal come piace a me, fino a incontrare quello che diventò il mio gruppo cult: i Cinderella!
Un bel misto di rock e di metal, di rabbia e di dolcezza, di passato e di futuro, degli anni '80. Questo l'ho capito dopo, cioè adesso, all'inizio mi veniva semplicemente da piangere quando guardavo e ascoltavo il video delle loro canzoni chiusa nella mia camera, eppure invece di intristirmi mi riempivo di speranza. Saranno le parole struggenti, saranno i paesaggi di una natura sterminata, sarà la chitarra elettrica, sarà la voce arrochita di Tom Keifer, ma io li trovo semplicemente irraggiungibili!
Arrivò dicembre e come un regalo di Natale Sara scoprì che i Cashless – ebbene, il suo gruppo preferito si chiamava proprio così! – si sarebbero esibiti a Bologna. Non erano i Cinderella, ma venivano da Londra e i gusti di

Sara erano anche i miei, così ero felice di poterci andare. Progettammo la serata sedute sul muretto con la tromba che ci faceva da colonna sonora.
Io rimuginavo su come riuscire ad avere il permesso di stare fuori fino a notte tarda da mia madre, ma ogni ipotesi non reggeva alla verifica della realtà e mi toccava ricominciare tutto daccapo.
Avrei potuto dire la verità a mia madre? E cioè che frequentavo una ragazza di diciassette anni che viveva per conto suo in un appartamento con ragazzi molto più grandi, che mi spacciavo per una liceale, che avevo voglia di concedermi una notte di musica e passione con tanti innamorati della stessa band peraltro a me ancora sconosciuta? Era escluso. Mia madre avrebbe pensato che ero ammattita e mi avrebbe chiusa in casa preventivamente. Dovevo inventare una scusa a prova di bomba, ma non ne avevo una a portata di mano che reggesse neppure a un petardetto di carnevale.
Poi la scusa arrivò su un piatto d'argento, almeno così mi parve in quel momento, quando non vedevo l'ora di trovarne una per strada che facesse al caso mio, e il piatto mi fu servito a scuola proprio dalla mia professoressa preferita. Marina, in una di quelle mattine d'inverno in cui bisogna accendere le luci nell'aula e l'umore è addirittura più basso della temperatura esterna, fece la proposta dell'anno ai suoi alunni intorpiditi. Ricordo che aveva intorno al collo una bellissima sciarpa variopinta su una giacca di pelle nera da motociclista, nel suo solito modo di mettere insieme l'inconciliabile. Stava scrivendo dei verbi alla la-

vagna, era arrivata a *réciter*, quando si bloccò, con il gesso a mezz'aria, si girò verso di noi, esclamando: «Certo, perché no?» e subito dopo: «Mattia, metti via il tuo stupido coltellino e stammi ad ascoltare anche tu. Sentite ragazzi, vi andrebbe di recitare una commedia che prenda spunto da un autore francese, ma che noi possiamo trasformare come ci pare e piace?». Poi si sedette sul primo banco di Eleonora accavallando le sue lunghe gambe atletiche e continuò senza darci il tempo di rispondere.

«Io pensavo a *Cyrano*, che ne dici Rossana? Avresti già il nome da giocarti».

A me mancò il fiato, questa volta per l'emozione.

Avevamo letto già delle parti del *Cyrano* e Marina ci aveva parlato a lungo dei personaggi e della trama, cosicché sapevamo bene di cosa si trattasse. Incominciò uno scompiglio di commenti e proteste e consensi entusiastici e prese in giro...

«Non posso essere Roxane, ho il naso a forma di uccello e la cresta, al massimo potrei essere Cyrano», dissi io in mezzo a quel coro disordinato di voci, immaginando di dire una corbelleria e di non essere neppure ascoltata.

Ma lei mi sentì. E mi rispose: «Bene, vuol dire che farai Cyrano, una Cyrano femmina che si chiama Roxane con il naso a forma di uccello e la cresta verde. Che ne pensate, classe?».

Quando voleva l'attenzione di tutti ci chiamava così: classe. «Ehi, classe, ascoltatemi!», oppure: «Classe, vi voglio svegli stamattina!» e funzionava sempre, vi assicuro che funzionava.

Anche quella volta funzionò. Tutti ammutolirono di colpo e si girarono verso di me.
Io arrossii fino alla punta dei capelli verdi, ma ormai era fatta. Avrei recitato nel ruolo di una Cyrano femmina di nome Roxane, o qualcosa del genere, nella commedia di fine anno, facendo rivoltare nella tomba il povero Edmond Rostand.
In quel momento ero sinceramente scossa e non potevo di certo prevedere che quella bizzarra scelta mi avrebbe fornito il piatto d'argento su cui sistemare con cura la balla più grossa del secolo per convincere mia madre a starmene fuori fino all'alba.
Fu un grande errore ma se la cosa giusta la capisci solo con il senno di *poi*, allora non era quello il momento, perché era molto *prima* che possedessi un briciolo di senno.

13

Il secondo incontro con la dottoressa Santi fu molto tranquillo, il che avrebbe dovuto mettere in allarme la donna tempesta, se non fosse che era impegnata in cento cose contemporaneamente e non poteva concedersi il lusso di fermarsi a pensare per più di tre secondi, figuriamoci concentrarsi su un'adolescente squinternata come me. Non so se questo corrisponda alla produttività di cui tanto parlano nei telegiornali, ma a me pare piuttosto un modo di spremere le persone come dei limoni fino a quando diventano solo rifiuti da riciclo nella catena alimentare.
«Sto bene», affermai subito, sedendomi di fronte a lei.
«In che senso?», si prese comunque la briga di chiedermi la mia allergologa.
«Nel senso che respiro piuttosto bene, non ho più avuto attacchi gravi, ho utilizzato la spray solo due o tre volte, quando mi sentivo appena la gola chiusa. Per il resto ho cominciato a correre, e non ci crederà ma ho scoperto che quell'affanno mi fa bene».
«Certo, hai ragione, è bello correre. Anche io correvo una volta, sai? Non come adesso, che giro in tondo in questi

quattro metri quadri, senza muovere un muscolo e la sera mi sento comunque frullata. Correvo davvero, facevo atletica, la mia specialità era la corsa a ostacoli. All'inizio allunghi in avanti la gamba e sei già dall'altra parte ma poi, man mano che avanzi, gli ostacoli ti sembrano sempre più alti e sempre più lontani, è una fatica tremenda ma arrivare al traguardo senza esserti rotta l'osso del collo è fantastico!».

La vidi correre e superare gli ostacoli con la sua coda storta e il camice bianco svolazzante come bianche ali d'angelo e mi venne da sorridere.

«Ti faccio ridere, eh? Meglio così, a me a volte viene da piangere a vedere come mi sono ridotta... Senti ragazza, ora ti faccio un piccolo prelievo così capiamo se sei una persona allergica al mondo oppure no e abbiamo modo di vederci ancora il mese prossimo, sei d'accordo?».

Ero d'accordo con tutto quello che proponeva lei. Tanto in quel momento ero concentrata su quello che a me pareva il mio unico ostacolo da superare: come andare al mio primo concerto con Sara.

Se avessi ascoltato *davvero* la mia fantastica salvatrice avrei capito che il primo ostacolo in realtà è il meno faticoso, e poi arrivano gli altri, quando tu sei già stanca, e ti sembrano insormontabili. E allora sì che cominciano i guai.

Le prove del nostro *Cyrano* sottosopra si facevano tutti i martedì dalle due alle quattro del pomeriggio.

Marina sembrava il capitano eroico di una ciurma sempre sul punto di ammutinarsi, che però alla fine ci dava sotto

e faceva filare la nave veloce verso mete sconosciute.
Su questa nave volevamo TUTTO.
Volevamo un *Cyrano* stramoderno.
Volevamo un capovolgimento delle parti.
Volevamo una Roxane con il naso da uccello che ama un Cyrano bello e sensibile.
Volevamo una Roxane che scrive versi strepitosi su musica rap.
Volevamo una Cristiana bella che non sa né scrivere versi né cantare.
Volevamo che alla fine Roxane e Cyrano si amassero solo per i versi strepitosi.
Volevamo che anche la bella Cristiana trovasse una sua strada.
Volevamo che nessuno partisse in guerra ma che la guerra fosse un po' la vita.
Volevamo piangere e ridere.
Volevamo un destino complicato ma anche entusiasmante senza morti sul terreno.

Come potete immaginare, per volere tutte queste cose non era sufficiente una sola prova la settimana, e fu così che la nostra capitana incominciò a chiederci qualche incontro extra.
La lampadina si accese nella mia mente bacata durante una prova del sabato sera. Due sabati dopo ci sarebbe stato il nostro grande concerto dei Cashless. I due eventi si sovrapposero magicamente e a me parve che combaciassero alla perfezione: avrei detto a mia madre che mi

sarei trattenuta fino a tardi al gruppo teatro per concludere le prove prima di Natale. Mi avrebbero accompagnata a casa gli altri genitori. Mia madre la sera crollava dal sonno già alle nove, con un po' di fortuna non si sarebbe accorta neppure dell'ora del rientro. E comunque valeva la pena rischiare.

PERCHÉ
SE LA VERITÀ
È SEMPRE
RIVOLUZIONARIA
SPESSO NON SI PUÒ DIRE?

14

In quelle settimane in cui avevo iniziato a frequentare Sara e in cui tramavo per andare al concerto, Panevino si era collocato sullo sfondo del quadro della mia vita.
Occupava ancora gran parte del mio cuore e probabilmente della mia faringe, però riuscivo a non pensarci ogni minuto della giornata. I paesaggi dei video dei Cinderella avevano preso il posto della Nostalgia e la voce di Tom Keifer quello della Malinconia. Ascoltare musica chiusa in camera o correndo per i parchi con comodi auricolari nelle orecchie era diventato il mio modo di sopravvivere e non era niente male.
L'ultima settimana prima del concerto, però, l'ansia tornò a farmi visita, e così anche il mio spray salvavita fu usato con più frequenza. Temevo che qualcosa andasse storto e che mia madre scoprisse l'inganno *prima* di poterlo realizzare. In alternativa, temevo anche che mia madre scoprisse l'inganno *dopo* che si fosse già consumato. Tra le due ipotesi quella che mi mandava fuori di testa era comunque la numero 1, perché mi avrebbe fatto saltare il

concerto. Sulla numero 2 cercavo di soprassedere, di non pensare troppo alle conseguenze.

Non avevo mai visto mia madre veramente arrabbiata. Stizzita sì, molte volte, con me e con mio padre, e soprattutto al telefono con i suoi genitori. Ma arrabbiata in modo serio, proprio no. A parte quella volta che aveva buttato giù un muretto a suon di picconate. Ma non sapevo se quell'episodio potesse essere annoverato fra gli attacchi di rabbia o di pura follia. Io avevo sempre pensato che si fosse trattato di un temporaneo annebbiamento della ragione, poi rientrato velocemente. E mia madre stessa propendeva per questa interpretazione non riuscendo a dare una spiegazione seria all'accaduto e rifiutandosi di volerci tornare sopra. Il muretto in ogni modo non fu mai più ricostruito.

Accadde alcuni anni fa, ricordo che era l'estate precedente al mio primo anno di scuola media. Lo ricordo perché era fine agosto e io ero fuori in giardino a sistemare i libri nuovi. Li rivestivo con una carta plastificata azzurra.

Nei giorni precedenti mio padre si era cimentato nella costruzione di un muretto basso e curvilineo della lunghezza di qualche metro che avrebbe dovuto separare lo spazio dei cespugli odorosi da quello dei campi incolti confinanti con la nostra casa. Mia madre desiderava anche destinare quel punto alla sua personalissima meditazione filosofica, perché aveva chiesto che lì accanto fosse costruita una sedia di pietra.

«Intendi una panchina?», le domandava mio padre con la cazzuola in mano.

«No, se dico una sedia intendo una sedia!», replicava mia madre con un libro sotto il braccio.
«Ma scusa, abbi pazienza, se vuoi una sedia non è molto più comoda la poltroncina in vimini con quel bel cuscino sullo schienale che abbiamo sotto il porticato?».
«E se io la voglio di pietra, a te che importa?».
La discussione andava avanti da qualche giorno, e si ripeteva più o meno uguale al tramonto, quando mia madre riemergeva dal suo studio e ci raggiungeva in giardino. Io non la sopportavo, perché veniva a turbare la nostra quiete, mia e di mio padre, che s'intrecciava a meraviglia fra gioco e lavoro per tutto il pomeriggio, ma si rompeva inevitabilmente al suo arrivo.
Quel giorno, alla fine del solito battibecco, stavo appunto infilando il libro di Storia nelle alette di plastica azzurra, quando vidi mia madre impugnare il piccone e senza proferir parola abbatterlo una, due, tre volte sul muretto pazientemente tirato su da mio padre, con una furia determinata. Mia madre a quei tempi sembrava proprio una ragazza: portava i suoi meravigliosi capelli neri lunghi e mossi, sciolti sulle spalle, e d'estate indossava una camicia da uomo corta sulle gambe nude e abbronzate e se ne andava così, sempre scalza, in giro per casa o in giardino. Non era alta né grassa, e anche se aveva forme morbide che oggi le invidio, un seno gonfio e braccia tornite, mai avrei immaginato che potesse avere tanta energia distruttiva!
Quella donna che sollevava senza fiatare il piccone in aria, per poi colpire con tutta la forza possibile i mattoni sottostanti, era mia madre!

Mio padre rimase muto a un passo da lei, senza fermarla. Dopo una decina di colpi, quando la piccola costruzione si era ormai sbriciolata, mia madre si fermò, accaldata e sudata, a guardare la sua opera demolitrice. La rivedo ancora adesso, rossa contro la luce del tramonto, appoggiata sul piccone, che si soffia via i capelli scompigliati dal volto.
«Meglio così, non mi sono mai piaciuti i muretti curvi», disse mio padre alla fine, con una voce apparentemente calma. Non le avrebbe mai dato la soddisfazione di vederlo soffrire a causa sua, e osservandolo imparavo da lui quella tecnica diabolica. Girò le spalle e rientrò in casa, lasciandola sola con le sue macerie.

Il sabato fatidico arrivò dopo una settimana che pareva non finire mai.
Io imbastii la scusa più abilmente di quanto immaginassi e mia madre abboccò più facilmente di quanto temessi. Prima di uscire mi guardai allo specchio: la mia cresta verde irta di gel mi sembrava degna dell'avventura speciale che mi apprestavo ad affrontare.
Alle otto in punto di una sera fredda di quasi inverno suonavo al citofono di Sara.
«Vieni su», mi ingiunse senza aspettare repliche.
Non ero mai stata a casa sua ed ero visibilmente emozionata.
Mi venne ad aprire un ragazzone alto e rapato a zero, con un enorme tatuaggio sul braccio e diversi piercing sulla faccia. Mia madre lo avrebbe definito un detenuto in permesso speciale.

«Ciao, Sara è di là», mi disse senza presentarsi e senza stupirsi di avere di fronte una ragazzina. Immaginai si trattasse di Rob, il tipo che stava con lei. Lavorava ai mercati generali di notte, scaricava cassette fino all'alba e poi se ne tornava a casa e s'infilava nel letto della sua ragazza che dormiva ancora. Arrivò a salutarmi Jenny e fui contenta di poter scambiare quelle affettuosità che i cani si aspettano dagli amici.

«Sono qui... vieni!», sentii una voce proveniente dal fondo del corridoio.

Seguii Jenny e mi trovai in una stanza con una luce arancione, un materasso a una piazza e mezzo sistemato su doghe di legno appoggiate direttamente sul pavimento, e un armadio a due ante aperto dove Sara stava scegliendo qualcosa da indossare per la serata.

Che cavolo ci facevo io in un appartamento di gente che vive da sola e lavora e fa la spesa e cucina e dorme insieme?

«Ciao, come va?».

Sara strizzò gli occhi e mi sembrò di sapere di nuovo cosa stavo facendo lì. Stavo per andare al mio primo concerto di un gruppo amato dalla mia migliore amica e che per proprietà transitiva era amato anche da me.

«Bene», affermai, anche se avevo già spruzzato un paio di volte il mio spray in gola prima di uscire.

«Sei nervosa?».

«No, perché?».

«Per tua madre. Dai, vedrai che andrà tutto bene. Rob e Tommy hanno preparato un cous-cous, ti piace?».

Mi piaceva il cous-cous, era il piatto preferito di mia ma-

dre, ma non sapevo chi fosse Tommy, anche se non osai chiederlo.
Sara alla fine si infilò un maglione nero lungo sopra dei leggins neri anche quelli, e il suo minuscolo brillantino luccicava ancora di più.
«Vieni, andiamo in cucina, mangiamo un boccone, e poi ci avviamo. È presto, il concerto non incomincerà prima delle undici, ma così magari riusciamo a prendere dei buoni posti».
Mia madre non avrebbe mai creduto che il detenuto del penitenziario in permesso speciale cucinasse un cous-cous così buono! E Tommy era il suo opposto: capelli lunghi e mossi raccolti in una coda, occhi nocciola innocenti, corpo magro che probabilmente non aveva mai conosciuto una palestra.
Ero terrorizzata più che da loro, che mi parevano piuttosto innocui, da me stessa: come me la sarei cavata se mi avessero fatto delle domande sulla mia vita, sulla mia falsa scuola, sulla musica che stavo imparando a conoscere solo da qualche mese?
Invece tutto andò liscio, nessuno si sognò di sottopormi a un interrogatorio, mangiammo fra qualche chiacchiera vaga.
Partimmo sulla scassata auto di Rob. Mi infilai dietro con Sara e tremai all'idea che mia madre venisse a sapere dove fossi in quel momento: su un'auto di estranei guidata da braccia tatuate e cranio rasato. Mi sembravano adulti anche se avevano al massimo cinque o sei anni più di me.

Chiusi gli occhi e mi abbandonai contro il sedile. Se non fossi riuscita a rilassarmi almeno qualche minuto avrei rischiato la crisi respiratoria del secolo.

15

Dall'esperienza del mio primo concerto ho imparato alcune cose.
Nell'ordine: punto primo, ai concerti non ci vai solo con le orecchie ma con tutto il corpo, il concerto è corpo; punto secondo, la musica dal vivo è tutta un'altra cosa ma i musicisti sono comunque troppo lontani; punto terzo, mai andarsene prima dell'ultimo bis, se no ti rimarrà sempre la sensazione di aver perso il pezzo migliore, cosa che purtroppo accadde proprio a me quella sera.
Ma cominciamo dall'inizio.
Arrivammo così presto che eravamo fra i primi cinquanta fan, aspettammo l'apertura del locale al gelo ma con una tale eccitazione addosso che non lo sentivamo. Gli altri bevevano e fumavano allegramente, io avevo fatto voto di castità integrale per dedicarmi totalmente all'ascolto quasi come ad un evento sacro, ma anche per ridurre i sensi di colpa che ribollivano nel mio corpo cercando una via di uscita.
Dopo un'attesa lunghissima all'interno della struttura che sembrava una specie di capannone, dove i corpi, compre-

so il mio, si toccavano e si contagiavano d'euforia, entrò il gruppo. Ecco, credo che quello per me sia stato il momento più emozionante! Urla e fischi del pubblico, tutti di nuovo in piedi, assolo strepitoso della chitarra, a cascata tutti gli altri strumenti, «ciao Bologna» e infine il primo pezzo. Boato di felicità, musica nelle orecchie e nel sangue per minuti interminabili. I Cashless non erano niente male!
Poi accadde una cosa insensata, ma che lì ebbe un suo senso. Un ragazzo poco più grande della mia età, capelli riccioluti alle spalle, primo accenno di barba, occhiali da miope, che casualmente si era venuto a trovare al mio fianco da qualche minuto, mi mise un braccio sulla spalla e nel momento in cui mi voltai verso di lui, mi baciò sulla bocca. Un bacio rapido, semplice, senza coinvolgimento di lingue, però un bacio vero, caldo, durato più di tre secondi, perché ho avuto il tempo di:
1) Rimanere di sasso.
2) Pensare al da farsi.
3) Desiderare che continuasse.
Invece il bacio se ne andò svelto svelto da dove era venuto. Il ragazzo riccioluto con un retrogusto di tabacco si sciolse rapidamente da me e prese a muoversi sulla musica insieme alla massa. Io rimasi come un baccalà ma non ebbi il tempo di rimuginare troppo, il mio baciatore era stato risucchiato dall'onda e il ritmo incalzava.
Ok, pensai, stai calma, non te l'ha chiesto se ti poteva baciare e questo non è una cosa giusta, ma come esperienza non è stata affatto male, prima o poi doveva accadere, forse va anche bene che sia stato uno sconosciuto, così nien-

te imbarazzo o discorsetti postumi, però, però, però... primo concerto più primo bacio, si rischia di esplodere dall'emozione!
La cosa strana era che Sara, accanto a me, sembrava non essersi accorta di nulla. Mi ero inventata tutto? Sfiorai le labbra con le dita, erano ancora umide.
Verso la fine del concerto accadde l'imprevedibile, ancora più imprevedibile del bacio inaspettato. Sara mi prese per un braccio e mi fece segno di seguirla. Uscimmo dalla sala per poterci parlare perché il volume era così alto da non riuscire a sentirci neppure appoggiando le parole direttamente nell'orecchio. Mi accorsi allora che era in lacrime. Mi disse che voleva andare via, che aveva discusso con Rob, che voleva scappare. La sua urgenza era così forte e commovente che non pensai neppure di convincerla a calmarsi e a restare fino alla fine del concerto.
«Non voglio tornare a casa con lui stasera, mi puoi ospitare per una notte?», chiese tirando su con il naso. Non l'avevo mai vista piangere e mi fece un certo effetto. Le lacrime sgorgavano dalla parte interna degli occhi e le rigavano il viso cadendo sulle labbra gonfie e scure. Sembrava che lei non le sentisse, non faceva niente per asciugarle. Lasciava che cadessero e basta.
In quel momento pensai che le volevo bene davvero perché mi piaceva anche mentre piangeva, e credo che fu quel pensiero che mi spinse a rispondere semplicemente: «Certo, puoi dormire da me. Sai correre?».
La spiazzai e forse per un attimo non pensò più a Rob,

perché aggrottò le sopracciglia e chiese stupita: «In che senso?».
«Voglio dire... ce la fai a correre per un quarto d'ora senza fermarti?».
«Beh... credo di sì».
«E allora vieni, se corriamo forte e prendiamo delle strade laterali in meno di mezz'ora siamo a casa, mi alleno tutti i giorni, ti puoi fidare. E poi è meglio correre a quest'ora della notte, sei d'accordo?».
Fece di sì con la testa, io la presi per mano e incominciai con le mie migliori falcate. Devo dire che Sara arrancava, soprattutto verso la fine, praticamente me la trascinavo dietro ma mi sentivo addosso un'energia da leonessa. Ammetto che la paura di trovarmi di notte da sola con un'amica in mezzo alla strada dispensava la sua dose di adrenalina.
Arrivammo sotto casa esauste, ci infilammo velocemente nel portone e ci concedemmo una pausa al sicuro per riprendere fiato prima di affrontare i quattro piani di scale. Improvvisamente scoppiammo a ridere e non riuscivamo più a smettere.
«Ma cosa penserà Rob quando si accorgerà che te ne sei andata?» le chiesi bisbigliando fra le risate per non svegliare tutti i condomini.
«Capirà di averla fatta grossa, ma non torno indietro!».
«Ci puoi giurare, altri cinque minuti di corsa e ci rimettiamo le penne. Ma che ha fatto?».
«Faceva lo scemo con un'altra tipa, lo sa che non posso sopportarlo, ma lui niente, lui si diverte così».

Possibile che il fuoriuscito dal penitenziario si sentisse più bello e più forte di Sara e del suo brillantino sul naso?
Non glielo chiesi, intanto ci eravamo calmate e stavamo salendo lentamente le scale.
Arrivate davanti alla porta del mio appartamento, le sussurrai: «Ora facciamo pianissimo, se si sveglia mia madre scoppia una tragedia».
Non potevo sapere che mia madre era già sveglia e la tragedia era già scoppiata.

16

Non appena messo piede nell'ingressino buio ebbi la percezione che fosse accaduto qualcosa anche se la casa era avvolta nel silenzio. Forse mi aspettavo che Pulce venisse scodinzolante a salutarmi e anzi ero pronta a zittirlo perché non si lanciasse in mugolii di gioia, e la sua assenza quindi mi accese un primo campanellino d'allarme.
Procedetti a piccoli passi fino al soggiorno tirandomi dietro Sara, socchiusi la porta e finalmente accesi la luce...
«MAMMA!», urlai per lo spavento.
La scena era apocalittica.
Mia madre seduta al tavolo in camicia da notte, con i capelli scarmigliati e gli occhi rossi, davanti a una bottiglia vuota di Porto, un bicchiere e il suo registro personale fatto in mille pezzi, alcuni dei quali per terra e smangiucchiati da un Pulce in assetto da cane sminuzzatore.
«Mamma, che succede?», insistetti rimanendo comunque a distanza di sicurezza e proteggendo con il mio corpo Sara.
A ben vedere quella domanda avrebbe dovuto farmela lei, ma bisogna sapere che mia madre è astemia. L'unica volta che ha bevuto è stato il giorno del suo matrimonio

rendendo quella giornata *davvero* indimenticabile: hanno dovuto trascinarla di peso a casa perché aveva cominciato a strapparsi di dosso il vestito urlando a squarciagola, io avevo cinque anni e me lo ricordo ancora come una piccola tragedia familiare a cui non si doveva mai fare cenno.

Temevo che potesse fare una scenata simile e non c'era mio padre a contenerla.

«*Alloora* non sei *scoappata* di casa?» esordì lei biascicando orribilmente.

Stavo per risponderle che se ero lì di fronte a lei significava il contrario, e cioè che ero giusto tornata a casa, ma lei con un'energia imprevedibile si alzò di scatto urlando: «Vieni qui che ti abbraaccio, vieni quiii...» e subito dopo, aggrappandosi al tavolo per non cadere: «Ma *deboosciata* di una figlia, dove ti eri *cacciaata*? A mezzanotte ho chiamato la tua *profr... professror...* insomma quella di Francese ma non c'era nessun teatro, me l'ha detto lei, me l'ha detto...»

A sentir nominare Marina mi venne istantaneo un attacco d'asma, il sibilo partì come una sirena, ma avevo lo spray in tasca questa volta, e me lo spruzzai abbondantemente in gola.

Sara intanto si era avvicinata a mia madre e l'aveva presa per un braccio dicendole con voce calma: «Che dice, vogliamo andare a dormire ora, e domani chiariamo ogni cosa?».

Mia madre sembrava ritornata mansueta e si stava facendo condurre docilmente, quando si bloccò in mezzo alla stanza come un mulo, e fissando Sara chiese: «E tu chi

sei? Chi è *quaeesta*?» rivolgendosi a me che intanto cercavo di inalare più cortisone possibile.
A quel punto squillò il cellulare di mia madre.
Rimanemmo tutte e tre zitte e immobili, guardandoci con aria interrogativa. Se fosse stato un film di Hitchcock, quello sarebbe stato di certo l'assassino che annunciava il suo imminente arrivo.
Guardai il display: numero privato.
«Mamma, sai chi può essere?» chiesi senza tanta convinzione. Dubitavo potesse fornirci una risposta sensata.
«E che ne so io... ah sì, sarà il vigile che ho chiamato *priiima* perché ti trovasse...».
«Ma cosa dici, mamma, hai chiamato i vigili?!».
«Ma che *viiigili* e vigili, quello lo conosco, è il vigile della mia scuola».
«Rispondi tu!» suggerì Sara.
Il sibilo era diminuito, presi il cellulare e risposi in un soffio: «Sì?».
«Buonasera signora, sono il vigile, ho fatto un giro di perlustrazione intorno alla scuola come mi ha chiesto, ma non ho visto nulla di strano. Ha avuto notizie da sua figlia scomparsa?».
«Mmh... veramente sì... nel senso che sono io la figlia scomp... voglio dire, quella che mia madre credeva scomparsa... ma come vede sono già a casa...».
«E tua madre che fine ha fatto?».
«Era molto stanca, la sto mettendo a letto».
«*Viiigieelee...*» urlava mia mamma che intanto si era divincolata da Sara.

«La sento», rispose laconico il vigile in questione. «Passerò nei prossimi giorni da voi per chiarire la questione e per scambiare con calma due chiacchiere tutti insieme, forse è meglio».

Vuole venire a prendere un tè con i pasticcini o in alternativa a bere un bicchiere di Porto?

«Benissimo» risposi, e non vedevo l'ora di mettere giù.

«Ma tu, Rossana... ti chiami Rossana, vero?».

«Sì».

«Tu, come stai?».

«Direi bene».

«E come mai hai l'affanno?».

«Non è affanno» anche se avrei un mucchio di motivi per affannarmi in questo momento! «È che soffro d'asma...».

«Ah, soffri d'asma?».

«Sì, proprio così».

Esiste per caso un regolamento che vieta ai minorenni anche di soffrire d'asma? Avevo un certo prurito sulla lingua oltre che in gola...

«Pulce, ma che fai, ti stai mangiando il *reigistroo*... oddio, il mio *reigr... regiss...*».

Mia madre si era accorta del cane sminuzzatore e del suo registro ridotto a carta straccia.

«Senta, signor vigile, ora devo proprio salutarla...».

Forse sentì la voce in sottofondo di mia madre, forse sentì invece l'urgenza nella mia voce, fatto sta che il signor vigile fu mosso a pietà e mollò la presa.

«D'accordo, allora ci vediamo uno di questi giorni». A me parve una minaccia ma in quel momento volevo solo li-

berarmi di lui e sistemare mia madre che intanto aveva incominciato a piangere, quindi risposi di sì e chiusi velocemente la comunicazione.
«Dai mamma, non fare così», dicevo portandola insieme a Sara nella sua camera.
«Vedrai che sistemeremo tutto, ora devi dormire».
Riuscimmo a metterla a letto ma dopo innumerevoli convincimenti, quando sembrava stesse per addormentarsi, scattò a sedere, spalancò gli occhi ed esclamò: «Ecco perché avevo il registro a casa, dovevo sistemarlo perché il nostro dirigente lo voleva controllare...».
Aveva pronunciato la frase di seguito senza problemi, così temetti che stesse per smaltire la sbornia e capire fino in fondo il motivo primo di tutta quella situazione.
«Ok, mamma» mi affrettai a dirle. «Non ti preoccupare del dirigente adesso...», ma lei per tutta risposta scoppiò in una risata e incominciò a balbettare: «Ti imma... imma... immagini...» e giù risate senza riuscire a parlare. E poi di nuovo ci provava: «Ti immagini quando il di... il di... il *dirigi*... insomma quello che neppure riesco a dirlo tanto non lo sopporto...» e giù ancora risate.
Noi cominciavamo a farci contagiare e a vedere il lato comico della situazione, anche se io cercavo di resistere perché mia madre in quelle condizioni poteva passare dal riso al pianto in un secondo.
«Tutti i voti in bocca a Pulce... ben gli sta a quel rompiscatole...». Tra un singulto e l'altro si accasciò sul cuscino e improvvisamente chiuse gli occhi.
Rimanemmo ferme e in silenzio, per essere sicure che il

sonno avesse definitivamente preso il sopravvento sul delirio dell'alcol.
Dopo qualche minuto la mia mamma bambina russava come un camionista.

Tornammo in cucina a passi felpati e senza aver la forza di proferir parola.
Eravamo distrutte ma completamente sveglie. Io misi sul fuoco un pentolino con latte e cacao, mentre Sara incominciò a raccogliere da terra tutti i pezzi strappati del registro. La aiutai estraendo dalla bocca di Pulce il resto e sistemando tutto sul tavolo.
Sorseggiando la cioccolata bollente rimettemmo insieme i pezzi del grande puzzle Scuola andato distrutto, e poi appiccicammo tutto con lo scotch trasparente. Non era proprio un registro impeccabile, ma per quello che vale un registro poteva comunque proseguire nella sua stupida funzione. E comunque sapevamo di non avere altro modo per riparare al danno.
Prima di andare a dormire, però, feci la cosa che mi bruciava di più.
Inviai un sms a Marina: «Mi dispiace». Sapevo che era poco ma era sempre meglio di niente.

17

Ci addormentammo alle cinque del mattino e io mi risvegliai a mezzogiorno, con la testa confusa e la sensazione sgradevole di dover mettere a posto qualcosa.
Scesi piano dal letto a castello scricchiolante per non svegliare la mia amica che dormiva come un angioletto al piano di sotto e andai in cucina. Quel qualcosa che dovevo mettere a posto aveva a che fare con mia madre e forse era meglio sistemarlo prima che si svegliasse Sara, per non complicare ulteriormente le cose.
Mia madre era seduta al tavolo come la sera prima, ma questa volta era vestita, pettinata, truccata, profumata, inanellata, per dimostrare che era sobria e perfettamente vigile. Sorseggiava caffè, leggeva un libro di poesie della Szymborska, la sua poetessa preferita, ascoltava a volume basso *Love is losing game* di Amy Winehouse, la sua cantante preferita. Insomma, cercava di stare ben piazzata nel suo mondo assurdo ritrovato e di tenere sotto controllo la situazione che le era sfuggita di mano solo poche ore prima. Se fossi in te, cara mamma, starei attenta ai *giochi perdenti*...

Mi sedetti al tavolo, il mio aspetto doveva essere orribile, in pigiama e con la cresta floscia, ma dicono che ogni scarafaggio per la mamma sua... Confidai quindi nell'amore materno, mi feci coraggio e con voce roca di sonno non trovai niente di meglio da dire che... «Come va?».
«Potrebbe andare meglio» rispose lei seccamente. D'accordo, me l'ero cercata.
«Mi vorresti spiegare, ora, dove sei stata tutta la notte?».
Per lo meno non aveva detto «ora, di grazia», come diceva a volte facendomi saltare i nervi. A essere sincera non mi trovavo esattamente nella posizione di quella a cui possono saltare i nervi.
«Tutta la notte... esagerata! Non erano neppure le due».
«E tu non hai neppure quattordici anni!».
«E con questo? Li compio solo fra qualche mese».
«Insomma Rossana, mi racconti una balla, mi fai morire di angoscia fino alle due di notte senza sapere dove sei finita, rientri con una ragazza molto più grande di te che non so chi sia, e mi vorresti far credere che vada tutto bene?».
«Ok, se la metti così, avrei qualcosa da dire anch'io: ti scoli una bottiglia di Porto pur sapendo di non reggere l'alcol, fai a pezzi il tuo registro e lo dai in pasto a Pulce, dai l'allarme al vigile senza aspettare neppure l'alba... insomma, se permetti ne hai fatte parecchie anche tu stanotte!».
Il contrattacco, e non il semplice attacco, rimane sempre la miglior difesa.
«Vorresti convincermi che le cose sono sullo stesso piano? La mia è stata una reazione!».
«Anche la mia!».

«A che cosa, scusa?».

«A tutto, se non l'hai ancora capito!» e sentii le lacrime che spingevano, ma più per l'agitazione che per la commozione.

Mia madre sospirò, io sperai che dicesse «va bene, discorso chiuso», come faceva al solito, tanto una mina in più non faceva differenza, invece continuò: «Mi vuoi dire dove sei stata stanotte o devo tirare a indovinare?».

Il suo tono però mi sembrava già meno contratto, ne approfittai per portarlo verso una conversazione amichevole.

«Sono andata a un concerto di un gruppo fortissimo, io e Sara ci tenevamo tanto, ma non abbiamo fatto niente di male, te lo giuro!». Omisi qualche particolare, ma la mia teoria è che con i genitori le omissioni non devono essere considerate bugie.

«E non potevi chiedermelo invece di farmi morire di paura?».

«No, perché ti conosco e non mi avresti mai dato il permesso di andarci».

Mia madre sospirò una seconda volta, sapeva che in questo avevo ragione e sentivo che era a un passo dalla fatidica frase «va bene, discorso chiuso», perché non ce la faceva più a reggere la discussione, e di sicuro doveva avere un tremendo mal di testa post sbornia, da come si massaggiava le tempie.

«Va bene, per questa volta te lo lascio passare, ma ti giuro che se mi fai un altro tiro simile ti chiudo in casa a vita!».

Non era proprio «va bene, discorso chiuso», però si avvicinava abbastanza.

Non aggiunsi niente e cambiai prudentemente discorso.
«E per il registro come pensi di fare?» le chiesi.
«Boh, non è poi così grave, troverò una scusa... Grazie lo stesso per avermelo riattaccato».
«Buongiorno...».
Sara era entrata in cucina già vestita, con una faccetta sbattuta ma sfoderando un bel sorriso.
«Mamma, lei è Sara, l'ho conosciuta al "Paradiso degli animali", lavora lì».
«Piacere», disse mia madre freddina. «I tuoi genitori lo sanno che sei rimasta a dormire fuori o ti stanno cercando per tutta Bologna?», chiese sarcastica.
«Non abito con i miei in questo periodo»rispose candida Sara. Io mi morsi la guancia perché temevo che raccontasse anche dell'appartamento in cui viveva con il fidanzato scemo-tatuato-rapato e con gli altri...
«Davvero?», mia madre aveva spalancato i suoi meravigliosi occhi da cerbiatto ingenuo.
«Beh, ma loro ci sono abituati. È una storia lunga, sono i miei genitori adottivi, mi hanno presa che avevo sei anni da un orfanotrofio della Bolivia, e da quando sono diventata grande sento il bisogno a tratti di andarmene, ma alla fine ritorno. Oggi per esempio mi sa che torno a casa. Li faccio un po' impazzire, però credo che abbiano capito. Ormai compio diciotto anni, divento maggiorenne fra un mese».
Gesù che storia, chi lo avrebbe immaginato? I suoi occhi, le sue labbra, la sua pelle... insomma, mi ero accorta che non aveva origini italiane ma non avevo pensato ad una storia così.

«Mi dispiace...», disse mia madre sinceramente scossa. «Voglio dire, allora bene, non c'è bisogno di avvisarli», si riprese subito.

«Vi va di mangiare qualcosa?» chiese, alzandosi in piedi con uno slancio che mi fece finalmente rilassare.

La bufera era passata: mia madre era rientrata in sé senza gravi conseguenze, Sara era dei nostri, io ero stata quasi perdonata.

Fu una colazione memorabile.

18

Tornare a scuola l'indomani e affrontare la Vergogna con la mitica Marina fu difficile.
Mentre percorrevo i duecento metri a piedi rimuginavo le frasi di scusa che avrei potuto rabberciare ma ogni parola suonava falsa come il suono di una campana registrata e finiva per peggiorare la mia posizione.
«Mi dispiace, non avevo premeditato di mettere in mezzo il teatro». FALSO.
«Mi dispiace, è stata una scusa dell'ultimo momento». FALSO.
«Mi dispiace, mi sono pentita e se tornassi indietro non lo rifarei più». FALSO.
Falso, falso, falso. Era stato più sincero il messaggio del giorno prima: mi dispiace *punto e basta*.
Ma lei non mi aveva risposto, né alle cinque del mattino, né dopo. Quindi dovevo, anzi DOVEVO trovare qualche parola di scusa che la convincesse. Di cosa, poi? Della mia buona fede solo ipotetica? Della mia onestà traballante? Della mia sincerità inesistente?
Prima di entrare a scuola mi spruzzai preventivamente

una dose abbondante di cortisone in gola. Alla prima ora avevo Francese. Tombola! Quella che fino al giorno prima mi era sembrata una grande fortuna, ossia cominciare la settimana scolastica con la prof. preferita, ora si andava trasformando nel mio peggiore incubo.
Andai in classe con gli occhi bassi e mi infilai nel mio posto al terzo banco cercando di confondermi con il mobilio. Marina non era ancora arrivata. Sperai vigliaccamente che quel giorno mancasse, una banale influenza, niente di grave, è ovvio. Non penserete che sia così perfida!
E invece eccola con la sua sciarpa colorata varcare la soglia dell'aula: «Bonjour!».
Era fatta, dovevo affrontare l'inevitabile, e cioè il suo sguardo.
Contrariamente a quanto mi aspettassi, però, Marina condusse un'allegra lezione senza mostrare nei miei riguardi alcun sentimento di ostilità, sorridendomi come sempre e rivolgendomi le consuete domande. Che se ne fosse dimenticata? Mi illusi che la sbadataggine di molti insegnanti, costretti a consumare montagne di neuroni per far fronte a noi ragazzi, avesse colto anche la mia bella prof. e verso la fine dell'ora cominciai a rilassarmi, allungando mollemente le gambe sotto il banco.
Ma ecco che al suono della campana, dopo aver assegnato gli esercizi per la volta successiva e aver raccattato tutti i suoi libri, quando ormai mi credevo in salvo, la vidi dirigersi verso di me.
Scattai in piedi senza volerlo, come sull'attenti davanti a un comandante.

Lei si fermò di fronte a me, e sembrava non avesse alcuna fretta di correre in un'altra classe. Rimase a guardarmi senza dire niente.
Caspita, qualsiasi rimprovero sarebbe stato meglio!
«Mi dispiace... vorrei non averlo fatto, intendo aver tirato in ballo il teatro», dissi tutto d'un fiato per rompere quel silenzio e quello sguardo.
«Ne è valsa la pena, almeno?» chiese lei a quel punto.
«Come?».
«Voglio dire, hai fatto qualcosa di strepitoso sabato sera?».
«Beh... credo di sì... insomma... sono andata al concerto del mio gruppo quasi preferito».
«E com'è stato?».
«Bello, forte, come me l'ero immaginato».
Silenzio.
Le gambe si stavano squagliando.
«Ok, allora va bene. Non tardare domani al gruppo che proviamo la scena del bacio», concluse dopo interminabili secondi e se ne andò leggera come il suo profumo.
Che bella sensazione poter incontrare un adulto che ha visto perfettamente i tuoi errori eppure ti perdona! In genere o incontri adulti che puoi mettere nel sacco e quindi non paghi nessuna conseguenza ma impari solo a scansare le responsabilità, oppure incontri adulti che ti vogliono addomesticare e allora ti puniscono appena sbagli così non lo fai più ma solo per paura della punizione. Il perdono offerto consapevolmente di fronte all'errore è la più grande arma educativa: come avrei potuto ancora deludere la persona che mi offriva fiducia anche quando avevo già dato

prova di non meritarla? Era una fiducia al quadrato, una fiducia all'ennesima potenza, una bomba di fiducia che funziona quasi sempre anche con i cinici incalliti. E io ero solo una ragazzina in cerca di una rotta da seguire.
Per l'emozione e la felicità di aver superato il momentaccio non mi concentrai troppo sull'ultima frase di Marina, ma il giorno seguente, alle due del pomeriggio, non appena arrivai al gruppo di teatro, mi tornò in mente in tutta la sua consistenza: stavamo per provare la scena del bacio.

Devo fare un passo indietro.
Era dicembre, quindi avevo avuto più di tre mesi per far uscire i miei compagni e le mie compagne dalla massa indistinta chiamata classe. E non intendo quella classe a cui ogni tanto si appellava Marina, che era gruppo, nave, bosco, e viveva di forza propria, ma quella classe che era stagno, nebbia, palude, nella quale si può rimanere nascosti per anni senza venire allo scoperto.
Ebbene, nella classe opaca, a parte gli *insopportabili*, che proprio in quanto tali si erano già messi in evidenza dal primo giorno, riservando però anche qualche importante sorpresa, e le *inseparabili unghie finte*, che non potevano che tener fede al loro nome, cioè essere finte, alcuni erano usciti dallo sfondo evidenziando profili niente male.
Tra questi Serena, una ragazza alta e robusta, pallavolista, sguardo diretto e semplicità nei gesti; Irina, minuta e sorridente, generosa nella merenda e nei complimenti; Andrei, timido e gentilissimo, dotato di un'ironia acuta ma mai cattiva.

Poi c'era Claudio. Su di lui però devo aprire una parentesi perché non mi basta un elenco.
All'inizio non mi stava affatto simpatico, anzi mi irritava alquanto. Decisamente un bel tipo, sveglio e in grado di tener testa agli insegnanti, a me però urtava i nervi proprio per tutte queste magnifiche doti che non teneva abbastanza nascoste. Accidenti, se la vita ti fa un sacco di regali prova a non metterli troppo in bella mostra perché non sempre te li sei guadagnati, a volte arrivano gratis, e puoi solo ringraziare! Invece a Claudio piaceva essere bello, intelligente, e come non bastasse anche bravissimo nello sport. Quest'ultimo punto lo trovavo insopportabile. Qualsiasi gioco, gara, attività di movimento venisse proposta, potevi star sicura che lui era in grado non solo di farla bene ma anche di batterti. E infine il neo più fastidioso: era un calciatore.
Il calcio è uno sport divertente, lo riconosco, perché l'idea di correre dietro una palla controllandola con i piedi è geniale, ma allora com'è che i calciatori sono così noiosi? Se sentite dei ragazzi parlare soltanto di fuorigioco, di arbitri ingiusti, di campioni incompresi, allora potete star certi che vi siete imbattuti nell'allevamento calciatori.
Claudio non faceva eccezione, eppure... eppure aveva qualcosa che mi faceva stare lì. Potevano bastare i suoi occhi azzurri come mare? Potevano bastare i suoi capelli biondi che ricadevano scompigliati sulla fronte? Poteva bastare il suo corpo atletico e flessuoso?
Beh, forse sì, direte voi, forse tutte queste qualità insieme potrebbero essere sufficienti a far innamorare una ragaz-

zina qualsiasi, ma io non sono una ragazzina qualsiasi e mi innamoro solo in presenza di qualcosa di speciale. Che cosa? Non so spiegarlo, ma so per certo che ci deve essere qualcosa in più.

Il fatto è che in Claudio c'era anche questo qualcosa in più, oltre a tutte le sue meraviglie e a tutti i suoi difetti, quel qualcosa in più che mi spingeva, contro la mia volontà, verso di lui.

Se chiudo gli occhi e mi concentro sulla prima volta in cui mi accorsi con raccapriccio che Claudio, mio malgrado, mi piaceva, ci vedo dentro due cose: la sua bocca e le sue mani. Labbra normali, non troppo carnose ma neanche troppo sottili, morbide e semplici, che però sul più bello sapevano arricciarsi verso l'alto, da una parte più che dall'altra, in un sorriso pulito, quasi infantile. Cavolo, quel sorriso ti arrivava dritto in faccia e non sapevi come fare a staccarti da lì. E allora il calciatore arrogante scompariva e scompariva pure l'alunno brillante, lasciando spazio solo a quella cascata fresca di vita pura.

«Vuoi volare con me verso il cielo, baby?», sembravano chiedere quelle labbra.

E poi le mani. Affusolate, bianche, in eterno movimento, a volte sporche di inchiostro o con le unghie rosicchiate, mani che sanno prendere ma anche aprirsi agli altri.

Come faccio a sapere tutte queste cose? D'accordo, ho una piccola fissazione: sono attratta dalle labbra e dalle mani delle persone. D'estate anche dai piedi, ma meno.

Mi incanto a osservare le labbra e le mani di tutti, dalla commessa del negozio all'autista del bus. Non mi inte-

ressa tanto come sono fatte, ma come si muovono. E così incomincio a farmi delle idee su quelle labbra e su quelle mani, su cosa cercano e su cosa vogliono dire.
Per questo, non credo di essere una feticista: non mi piacciono i pezzi in quanto pezzi, ma solo per quello che esprimono. Detto ciò, riconosco che dopo il primo bacio le cose si sono complicate.
Già, perché ora so anche che sensazione produce il contatto con le labbra dell'altro e mi immagino già che a seconda delle labbra la sensazione potrebbe cambiare. Insomma, mi si è aperto un mondo di classificazioni che prima mi mancava. E la voglia di entrare in questo mondo è stata grande.
Capite, adesso, la mia preoccupazione quando mi sono trovata al gruppo teatro a dover provare la scena del bacio insieme a Claudio?

19

Bacio. Né vedo in verità
perché la vostra bocca sia così timorosa.
Se la parola è dolce, che sarà mai la cosa?

Questi erano i versi che dovevo recitare a Claudio, facendo finta che fosse Irina a pronunciarli.
Io ero la brutta nasona poetica intelligente, Irina la bella timida e poco loquace, Claudio il bello molto amato e desiderato da entrambe, nel triangolo amoroso più commovente di tutti i tempi.

È inutile pensare che la mia bocca può baciare
se non posso ballare se non posso parlare
lasciatemi essere quello che sono
forse non bella ma che gioca a tono
lasciatemi dire quello che sento
io vivo la vita io vivo il momento.

E questi erano i versi rap che io e Irina avevamo inventato. Se vi sembrano stupidi i nostri, non avete idea di come fossero quelli degli altri...

Marina invece era entusiasta! Diceva che tutto procedeva a meraviglia, che eravamo confusionari e chiacchieroni, ma perfetti attori nonché rapper formidabili.
Noi dubitavamo, anche se sotto sotto volevamo crederci.

Claudio arricciava un lato della bocca verso l'alto mentre io recitavo versi d'amore, ma non potevo sapere se quel sorriso leggero e irresistibile fosse rivolto a Irina oppure a me. Il fatto è che Irina è molto ma molto più bella di me. Ha un corpo e una pelle perfetti, una bambola di porcellana, l'avrebbe definita mia nonna. Io invece sono troppo alta e troppo magra, ho un naso da uccello e due occhi enormi. D'accordo, sono verdi come quelli di mio padre e fanno un certo effetto, ma i maschi non si soffermano mai su questi particolari.
E accidenti, Irina mi sta pure simpatica, è una ragazza in gamba oltre che bella!
Lui, l'amato, doveva invece solo rispondere a monosillabi o con qualche parola qua e là.
Per capirci:
Siete voi là? Tacete! Allora! Questo fruscio d'ape...
Insomma, il ragazzo se la cavava con poco, non credete? E poi arricciava il labbro all'insù. Ma quello gli veniva spontaneo, mica faceva fatica!
A un certo punto dovevamo prenderci per mano e fare tanti cerchi da tre persone, e muoverci sul palco creando una specie di girandola... Marina aveva la fissa delle coreografie. Aveva fatto danza e diceva che se non muovevamo i nostri corpi in scena non saremmo mai riusciti a

catturare lo spazio. Che voleva dire con quella frase? Mai nessuno lo seppe ma in compenso stringere la mano di Claudio mi illuminò.
Volete sapere con chi avete a che fare? Stringetegli la mano. Non c'è bisogno di addentrarsi in lunghe conversazioni di filosofia come suggerirebbe mia madre, o andarci a letto insieme, come sostiene Sara, basta sentire la stretta della sua mano.
A seconda che sia forte, decisa, tremolante, flaccida, vigorosa, prepotente, dolce, discreta, curiosa, rigida, morbida, avvolgente, inconsistente, avvincente, saprete chi avete di fronte.
A noi ragazzi purtroppo capita raramente di stringere mani, a parte con le amiche. Invidio gli adulti che possono farlo molto più spesso.
Quel giorno al gruppo di teatro, però, ebbi l'occasione inaspettata di stringere la mano di Claudio.
Che incredibile sorpresa! Eppure un po' lo sapevo già... non era quel presuntuoso e superficiale calciatore che sembrava. Oppure, era un presuntuoso e superficiale calciatore quando non sapeva farne a meno, ma aveva anche una parte molto più profonda, sensibile, appassionata, vera, che teneva nascosta dentro la sua mano.
E se il contatto con le sue mani mi svelava quel segreto, come sarebbe stato un bacio?

Ma poi che cos'è un bacio? Un giuramento fatto
un poco più da presso, un più preciso patto,
una confessione che sigillar si vuole,

un apostrofo roseo messo tra le parole
«t'amo»; un segreto detto sulla bocca, un istante
d'infinito che ha il fruscio di un'ape tra le piante,
una comunione che ha gusto di fiore,
un mezzo di potersi respirare un po' il cuore
e assaporarsi l'anima a fior di labbra!

Accidenti a Rostand e al suo *Cyrano*! Morivo dalla voglia di assaggiare quelle labbra.

20

Da quando Sara era tornata a casa dai suoi genitori, la vedevo di meno.
Era scivolata in un periodo di tana, non voleva frequentare troppo il suo fidanzato con cui aveva fatto una pace a metà, così si era espressa lei, ma nello stesso tempo non desiderava spingersi troppo fra le luci della città.
Era inverno, il Natale si avvicinava pericolosamente alle nostre famiglie a metà, e Sara si era chiusa in un letargo emotivo che in parte escludeva anche me e mi faceva sentire più sola del previsto.
Dopo la nostra avventura notturna era venuta a sapere che ero una sbarbatella quasi quattordicenne ma non credo fosse quello il motivo che la allontanava. In compenso si era avvicinata troppo a mia madre. Troppo per i miei gusti, intendo dire. Veniva volentieri se invitata a cena, e si attardava a cinguettare con lei che per l'occasione riusciva a preparare ricette complicate e tutto sommato ben riuscite. Io fremevo per ritirarci in camera ad ascoltare la *nostra* musica e a fare le *nostre* chiacchiere, ma Sara sembrava non avere fretta. Anche se mi

pareva impossibile era evidente che aveva più bisogno di una madre che di un'amica. La cosa che mi scuoteva davvero i nervi era che la madre potesse essere, all'occorrenza, *mia* madre.

Molti spilli premevano sotto le piante dei piedi: come era possibile che Sara cercasse un rapporto con mia madre, mentre io facevo il possibile per evitarlo? Come mai preferiva addirittura la sua compagnia alla mia? E mia madre, per caso, aveva deciso di cambiare figlia o di prendersene una sostitutiva che la criticava meno e la ricercava di più? Insomma, inutile negarlo, si trattava di corrosiva gelosia: la mia.

Di che cosa, esattamente non saprei dirlo. Ero gelosa di Sara che non mostrava più interesse nei miei confronti? Ero gelosa di mia madre che si rivolgeva a lei con dedizione insolita? Ancora adesso non saprei definirlo con precisione, ma di sicuro la gelosia era entrata nella mia vita e mi stava rodendo il fegato non poco.

Le giornate si erano fatte cortissime, il buio mi assaliva che non avevo neppure digerito il pranzo, il freddo e l'umidità mi spingevano a ritirarmi al calduccio il più presto possibile, e così le occasioni di avere scambi umani si riducevano drasticamente. Avevo invitato da me una volta Eleonora ma si era rivelato un fiasco. Avevo capito che fuori dal suo territorio era un pesce lesso, non riusciva ad attivarsi neppure con Jane Austen. Forse era timidezza, forse qualcosa che ancora non capivo, comunque non sapeva giocare fuori casa. Per me invece era esattamente il contrario, perché ormai non possedevo una casa vera-

mente mia, quindi tanto valeva accucciarmi nelle case degli altri.
Un pomeriggio gelido e scuro, di ritorno da una corsa nel parco, ebbi la mazzata finale.
Mi ero costretta ad ansimare in un'aria tagliente che nulla di buono prometteva ai miei polmoni, mentre la nostalgia premeva sulla gola rimandandomi al vento freddo e pulito della collina, impastato al profumo del mare.
Salii i miei quattro piani a piedi come in una personalissima *Via Crucis*, con i pensieri più tristi degli ultimi mesi che mi pesavano sulle spalle.
Aprendo la porta d'ingresso, sentii le voci provenire dal soggiorno, quella di mia madre quando è in imbarazzo, di un tono sopra, troppo cordiale e troppo allegra, e quella sconosciuta di un uomo, bassa e calda, quella degli uomini adulti a cui non ero più abituata. Esitai nell'ingresso, Puíce mi raggiunse scodinzolante, io lo guardai con aria interrogativa: «Chi cavolo c'è di là?». Non mi rispose.
Dovevo per forza farmi avanti, avevano di certo sentito la porta aprirsi e mia madre questa volta non mi avrebbe perdonato la fuga.
«Salve», dissi prudentemente entrando in soggiorno, con il cappuccio della felpa a coprire la cresta di drago e la croce caricata sulla mia povera schiena.
In cucina c'era un estraneo, seduto a bere il caffè con mia madre. Lei, impacciata, tormentava la zuccheriera, mentre l'altro girava a vuoto il cucchiaino nella tazzina vuota...
«Lei è Rossana, la figlia scomparsa», disse mia madre in-

dicandomi e producendo una risatina di circostanza che mi fece accapponare la pelle.
Ehi, mamma, punto primo ora sarei comparsa e non scomparsa, punto secondo è lui che dovresti presentare, visto che lui è l'estraneo e io invece sono tua figlia e abito qui, fino a prova contraria! Però la frase maldestra della mamma ebbe l'effetto voluto e cioè mi fece capire in una frazione di secondo chi fosse quel tipo seduto nel nostro soggiorno: il signor vigile allertato la notte del concerto e dell'epica sbronza di mia madre.
Stirai le labbra in un mezzo sorriso diplomatico cercando di sedare il fiatone accumulato per non sollecitare l'interrogatorio sull'asma, ma il ragazzone che successivamente seppi chiamarsi Graziano non sembrava affatto interessato a me, bensì molto di più alla donna che gli stava seduta di fronte, sulla quale aveva incollato gli occhi senza riuscire a staccarli neppure mentre mi rivolgeva la parola.
«E allora signorina, passata la voglia di andare in giro di notte?».
Avrei potuto saltargli al collo e azzannarlo direttamente alla giugulare, perché chi mi chiama *signorina* scatena in me la violenza pura, invece mai come in quel momento mi fu chiara la locuzione "fare buon viso a cattivo gioco", così cercai di muovere il capo in segno di assenso. Per fortuna al simpatico Graziano non fregava nulla della mia risposta perché era proteso verso mia madre come una calamita verso il suo pezzo di ferro, e io potei smarcarmi senza proferire parola sparendo in camera mia, seguita a ruota da Pulce che condivideva tutte le mie simpatie e

antipatie viscerali. D'altra parte lui era il mio cane e io ero la sua mamma, e il piacere di volerci bene si basava appunto su questi concetti basic e inamovibili. Così è il vero amore! Avrei voluto mettermi a urlare mentre lo grattavo vigorosamente sulla pancia.

Invece me ne stetti un'interminabile ora a rimuginare pensieri irritanti ascoltando le voci provenienti dal soggiorno che mi provocavano un fastidioso dolore nelle orecchie. Quando finalmente sentii la porta dell'ingresso chiudersi e farsi silenzio, ribollivo di rabbia.

«È andata bene, no?», disse mia madre facendo capolino sulla soglia della mia camera senza bussare.

«Sembra che a te sia andata molto bene!», risposi io con tono sarcastico-accusatorio. Quello che noi figli sappiamo usare alla perfezione mentre contemporaneamente infiliamo il ditino nella piaga.

«Ma che vuoi dire? Ho dovuto essere gentile, o preferivi che facesse una segnalazione ai servizi sociali?».

Avrei preferito che non conversassi con lui amabilmente facendoti ammirare come una pavona. Esistono le pavone o solo i pavoni? Beh, insomma, avete capito... questo avrei voluto ribattere.

«Lasciamo stare», risposi invece secca. Effettivamente bisognerebbe sempre lasciar stare le persone in preda a un attacco di gelosia, perché di questo si trattava. Ancora una volta. Sembrava che tutto congiurasse per risvegliare dentro di me quel serpentello velenoso che mi faceva sentire esclusa e furiosa allo stesso tempo. Di nuovo gelosa di mia madre? O di mio padre, nel senso al posto di mio padre, contro quell'uomo che sedeva in soggiorno senza averne diritto? Lo so che sono ragionamenti assurdi, eppure la gelosia rende assurdi non solo i ragionamenti ma anche i sentimenti, così accade che pur capendo di essere nel torto non puoi fare a meno di provarli.

Ne scaturì un'animata discussione con mia madre, che si risolse da parte sua in un buon vecchio «discorso chiuso», con relativa nuova mina sotterrata.

Non c'era da meravigliarsi se la nostra relazione poggiava su tante porte chiuse e su un terreno pericolosamente esplosivo.

SE I TEMPI STANNO CAMBIANDO,
E IL PERDENTE DI OGGI SARÀ
IL VINCENTE DI DOMANI,
SI PUÒ SAPERE
PERCHÉ
IO MI SENTO COSÌ DEPRESSA?

21

Claudio si era beccato una tonsillite acuta inseguendo il pallone con la pioggia e il gelo ed era assente da scuola, c'era un tempo da lupi che ci costringeva ad accendere la luce in aula già dalla prima ora del mattino, le lezioni si susseguivano tutte uguali, fredde e umide, il gruppo teatro si apprestava a sospendere le prove fino all'anno nuovo, e persino il trombettista anonimo aveva smesso di suonare senza darmi spiegazioni!
Poteva andarmi peggio di così?
Poteva.
Mancava una settimana al 24 dicembre e mia madre non mi aveva ancora detto dove avremmo trascorso il Natale. A dire il vero un mese prima mi aveva chiesto come e soprattutto dove volessi festeggiare e io le avevo risposto che non avevo voglia di salire su nessun treno e soprattutto che non avevo nulla da festeggiare. Mi aspettavo che lei insistesse, che si arrabbiasse magari, invece aveva smesso di parlarne e questo mi inquietava. Possibile che i genitori non capiscono quando noi figli dichiariamo l'opposto di quello che desideriamo nella speranza di essere stanati?

Mia madre aveva preso per buono il mio rifiuto e si comportava come se il Natale fosse scomparso dal calendario e, quel che è peggio, come se io non esistessi. Era spesso sovrappensiero, con lo sguardo perso nel vuoto, dimenticava le chiavi nella serratura della porta di casa, dall'esterno intendo, faceva sbollire il latte ancora più frequentemente del solito, quando il cd finiva lasciava che ricominciasse di nuovo senza dar segno di accorgersene. Anche se ero una quasi quattordicenne esperta di innamoramenti più o meno quanto delle malattie infettive tropicali, non avevo bisogno della laurea in Segreti e Bugie per capire che mia madre mi stava nascondendo qualcosa. E la mia pungente gelosia mi suggeriva che dovesse trattarsi di un giovane adulto, probabilmente bianco, di sesso maschile, che si stava intrufolando furtivamente nella nostra vita. Temevo anche che fosse dotato di divisa. Lo spettro del vigile Graziano si aggirava fra le nostre stanze.
L'ultimo giorno di scuola prima dell'inizio delle vacanze, entrando in casa la sorpresi al telefono mentre borbottava qualcosa, ma appena si accorse della mia presenza chiuse frettolosamente la conversazione.
«Chi era al telefono?», sbottai.
«Nessuno...».
«Che significa nessuno?».
Mia madre sospirò. Aveva un'espressione triste che non conoscevo.
«È un periodo difficile...», attaccò.
«Lo so, e ora stai per dirmi che non andremo in vacanza».
Non riuscivo neppure a dire "Sud" o "Panevino" o "Casa",

ma lei sapeva perfettamente cosa intendessi per vacanza.
«È vero, non andremo in vacanza», accettò arrendevole.
«E avresti anche il coraggio di dirmi il vero motivo?» ribattei con un ghigno che cercava di tenere a freno l'emozione.
Mia madre sospirò di nuovo. Era a un passo dal crollo.
«Sono malata» riuscì a dire con un filo di voce.
«COOSA? Non è vero, sei una bugiarda!». La frase mi uscì così di getto. Era ovvio che mia madre stesse mentendo. Ovvio e anche un bel po' vigliacco. Allora perché le lacrime già spingevano in gola?
«È la verità», rispose lei, e lo disse con una calma così nuova che mi sentii sprofondare.
Cosa voleva dire che era malata? Era la più giovane madre della mia classe, aveva appena compiuto trentun'anni, il suo corpo irradiava salute e bellezza da tutti i pori, come potevo credere che la malattia potesse avere a che fare con quella donna splendente nel pieno delle sue forze?
«Mi hanno trovato qualcosa al seno, non si sa ancora cosa ma mi devono operare. Forse già la prossima settimana. Non te l'ho detto prima perché volevo che concludessi la scuola in pace. Ma vedrai che andrà tutto bene, i dottori hanno detto che non bisogna drammatizzare e oggi queste cose si curano tranquillamente...».
«Non vuoi chiamare papà?». Non so perché lo chiesi, forse ero io che avrei avuto un disperato bisogno di lui.
«No, preferisco di no. Non in questo momento».
Scese il buio. Sulle vacanze, sui treni, sul futuro, sul Natale, e ancora di più sul nostro trilocale.

Possibile che la vita potesse mettersi di traverso in questo modo? Perché fino a quel giorno mi avevano raccontato un sacco di frottole sull'esistenza? Perché non mi avevano detto chiaro e tondo che qualsiasi imbarcazione può sfracellarsi sugli scogli in una notte di burrasca senza luna e senza fari?
«Mamma...», riuscii solo a supplicare. Un'invocazione di speranza e di disperazione insieme.
Poi per fortuna le lacrime arrivarono, altrimenti nessuno mi avrebbe salvata da un attacco d'asma catastrofico, e arrivarono anche le lacrime di mia madre.
In tutto quel buio si aprì uno spiraglio di luce inatteso: finalmente potevamo piangere insieme.

22

Fu il Natale più triste che potessi immaginare, anche se, in contrasto con la mia anima, Bologna mi parve splendente. In inverno evidentemente indossava i suoi panni migliori: luci, bancarelle, profumi, portici affollati, ogni tanto persino un cielo azzurro e terso da montagna.
Il 25 a pranzo eravamo da sole, così decidemmo di trascorrerlo in centro. Era tutto chiuso, pareva che ognuno avesse un posto sicuro dove andare, ma cercammo di non farci scoraggiare. Abolimmo il pranzo di Natale, tutto qui. Entravamo nei pochi bar aperti, facevamo uno spuntino a base di cioccolata calda e toast, e continuavamo il nostro giro riscaldate e con qualche caloria in più da spendere. Ci eravamo dotate di guida, e con le mani fasciate nei guanti la consultavamo da buone turiste, ammirando piazze e palazzi, girovagando senza una meta precisa.
Arrivò la telefonata di zia Eugenia, i saluti di Margherita e Francesco, gli auguri piagnucolosi dei nonni per averci lontane. La mamma non aveva voluto dire a nessuno della sua malattia. Sosteneva di non volerli preoccupare, ma io avevo il sospetto che preferisse non parlarne per al-

lontanare più possibile il momento dell'intervento. E io le reggevo il gioco. Per la prima volta ci sentivamo complici. Da mio padre arrivò un laconico sms. «Buon Natale, vi penso tanto». Uguale a tutte e due, e nessuna delle due si sentì di rispondere.
Verso le quattro incominciò a scurire, decidemmo di rientrare e rintanarci in casa.
Pulce ci venne incontro mugolando e restituendoci l'idea, il concetto e la forma di una vera famiglia. Santi cani! Ci sistemammo tutti e tre sul divano e ci concedemmo una scorpacciata di biscotti e di film stupidi fino a sera.
Non vedevamo l'ora che la giornata si concludesse per poterla ficcare alla svelta in una scatola con l'etichetta "Passato", ma nello stesso tempo non ci decidevamo ad andare a letto, come se fossimo in attesa di qualche cosa di buono che ci meritavamo.
Alle dieci, quando eravamo già in pigiama, ci chiamò Sara. La sua voce non sprizzava felicità ma fu comunque bello sentirla e scambiare qualche chiacchiera banale e rassicurante. Non doveva passarsela tanto bene neppure lei, a casa con i suoi mentre il suo fidanzato part-time era volato a Ibiza. Però riuscimmo a dire qualche sciocchezza e a ridere di noi. Era l'unica persona che sapeva della malattia di mia madre e che riusciva ad accoglierla con naturalezza come qualsiasi altra disgrazia. La forza dell'abitudine, probabilmente.
Mentre parlavo al cellulare, seduta sul pavimento con Pulce addormentato fra le mie gambe, fissavo in alto il nostro originalissimo albero di Natale: un lampadario

di stoffa carico di palline colorate che scendevano a diverse altezze e oscillavano a ogni spostamento d'aria. Il presepe era appannaggio di mio padre quindi lo avevamo abolito, mentre non avevamo potuto pensare né ad un albero vero, troppo faticoso, né ad un albero finto, troppo deprimente.
«Vuoi venire da noi domani a vedere il nostro strano albero di Natale?», domandai.
«Com'è?».
«Volante».
«Come gli UFO?».
«Più o meno».
«C'è anche un E.T.?».
«Quella sono io».
«Allora vengo, adoro gli extraterrestri».

23

Mia madre doveva operarsi il 3 gennaio. La notte precedente l'intervento invocai mia nonna in soccorso come non avevo mai fatto prima, rispettando la sua volontà di non essere disturbata nel mondo dei morti.
«Cavolo nonna, ti ho sempre lasciata in pace come mi avevi chiesto, ma questa volta dovresti capire, no? Prova a scendere da lassù, fai uno sforzo e torna anche solo per pochi attimi fra noi umani a consolarmi. Mi basterebbe una carezza dalle tue mani morbide, il tuo profumo di cucina buona, il rumore dei tuoi passi per casa, per avere la forza di affrontare il domani, anzi, semplicemente domani».
Ma lei niente, neanche un segno. Forse le chiedevo apparizioni troppo terrestri, fisiche. È che non avrei saputo cosa farmene della sua immagine sfocata, della sua aura, dell'alito del suo spirito e di tutte queste eteree e inconsistenti sciocchezze. Io la rivolevo in carne ed ossa, fosse anche solo per un momento, desideravo il suo abbraccio più del mio respiro, che del resto si era ridotto al lumicino, ma non ci fu verso: o mia nonna era troppo testarda e non si faceva convincere, o in questa vita non si realiz-

zano mai i desideri impossibili e tanto meno i miracoli.
Ero paralizzata dall'ansia e con il sonno avevo ingaggiato un incontro di pugilato senza esclusione di colpi. Crollai sul ring all'ultimo round, un'ora prima che suonasse la sveglia, con un KO definitivo dovuto alla stanchezza totale. E fu la mia fortuna, perché così la sognai. Mia nonna, ovviamente.

Fu il sogno più reale che avessi mai fatto nella mia vita.

C'era tutto: gli odori, i colori, le sensazioni, i corpi.

Mia nonna era seduta sotto il portico della nostra casa di Panevino, indossava il suo vestito blu con le roselline bianche distribuite a macchie, da cui si intravedeva il segno del seno, e aveva fra le mani e appoggiato sulle gambe un tegame vuoto. L'unico particolare strano erano i suoi capelli neri: li aveva sciolti sulle spalle, e non raccolti come li portava di solito durante il giorno. Non mi guardava, fissava un punto lontano verso il mare, assorta. Stava tramontando, la bouganville profumava d'estate e le rondini lanciavano i loro richiami.

«Cosa cucini oggi, nonna?».

«Non lo so ancora, aspettavo te. Cosa vuoi mangiare?».

«Pasta con fave e piselli, me la puoi preparare?».

«È già sul fuoco. E poi, cosa vuoi?».

«Voglio che mamma guarisca, hai saputo che è ammalata?».

«Ti sbagli, non è ammalata».

«Ma domani si deve operare».

«Sì, lo so, ma non vuol dire che sia ammalata. Domani guarirà anche, vedrai».

«Mi porti la pasta con le fave e i piselli domani?».
«Sì, sarà pronta per domani, lo sai che le fave ci mettono a cuocere... ma per domani ci saranno».
«Nonna, e io sono ammalata?».
«Ma quale ammalata e ammalata! Smettila di fare pensieri guasti. Sono le prove della vita, servono per imparare ad andare avanti con il timone stretto fra le mani».
E si girò finalmente a guardarmi. I suoi occhi verdi mi sorridevano. «Hai visto che Achille sta bene?». Così mi diceva senza muovere la bocca, solo con lo sguardo.
«Davvero, nonna, sta bene?». E in quel momento sentii il muso bagnato di Achille che spingeva sulla gamba. Allungai la mano e accarezzai la sua testa ispida senza riuscire però a vederlo.
Dovetti svegliarmi. Pulce mi leccava e mia madre era già in piedi. Avrei voluto rimanere nel sogno per sempre ma la prova della vita era cominciata e la nonna era certa che ce l'avrei fatta.

Mia madre uscì dalla camera operatoria ancora addormentata. Aveva la pelle del viso tirata, le labbra leggermente scure e appena aperte, i capelli folti e ricci raccolti dietro la nuca. Il suo braccio bianco fuoriusciva da un camicione verde e anonimo, ed era attaccato a una flebo.
L'infermiera mi disse di lasciarla riposare. Si sarebbe svegliata da sola.
Dopo la prima mezz'ora di attesa che fu pari a un secolo e in cui sentivo che intorno a me l'aria si riduceva progressivamente, presi la mia decisione. Scattai in piedi e infilai

le scale. Scesi al galoppo cinque piani, ritrovai il corridoio di fronte all'entrata e arrivai davanti all'ambulatorio della mia salvatrice.
Era l'una, la porta era chiusa e in sala d'attesa non c'era nessuno, quindi mi feci coraggio e bussai piano.
Nessuna risposta.
Aspettai qualche minuto e bussai ancora. Un po' più forte.
«Chi è?», domandò una voce alterata che avrebbe scoraggiato chiunque a rispondere. Chiunque ma non me, soprattutto non me in quel momento. Avevo un disperato bisogno di conforto e lo avrei strappato a qualsiasi costo.
Socchiusi la porta piano, senza fiatare, e mi feci vedere.
La mia dottoressa Santi Leonarda, questo il suo nome di battesimo, mi fissava stupita come se non mi avesse mai visto prima, il capo inclinato da una parte e la coda sbilenca. Se non fossi stata paralizzata dall'imbarazzo a quel punto forse sarei fuggita, ma ecco che le pieghe contratte del suo viso si sciolsero: «Ah, sei tu... entra!».
Una volta seduta di fronte alla sua scrivania e al suo sguardo attento vuotai il sacco. Parlavo velocemente perché dentro di me i secondi e i minuti ticchettavano ricordandomi continuamente che mia madre, cinque piani più in alto, si sarebbe potuta risvegliare da un momento all'altro.
«Ti sei decisa a parlare, finalmente», commentò alla fine del mio flusso ininterrotto. «Fai bene, parlare dei tuoi guai scioglierà la stretta che a volte senti in gola. Ma intanto eccoti uno spray nuovo di zecca, non aspettare troppo a usarlo». Intascai la medicina in silenzio.

«Per oggi qui ho finito, vieni, andiamo a vedere come sta tua madre» e senza darmi il tempo di ribattere né di gioire per quella inaspettata offerta concreta di sostegno, ci avviammo insieme, io con la mia cresta verde cresciuta male, lei con il suo camice stazzonato e svolazzante, verso i piani alti dell'ospedale.

24

I giorni che seguirono li ricordo in modo sfocato.
Tornammo a casa convalescenti, entrambe.
Fuori era freddissimo, la mattina l'erba era così ghiacciata che Pulce accorciava volentieri il giro per evitare di congelarsi le zampe. Sembrava un tempo sospeso. Tutti a scuola aspettavamo la neve, e più di tutti io, che non ero abituata a vederla in città.
Ma io e mia madre vivevamo anche un'altra attesa raggelante: i risultati dell'esame istologico che avrebbero deciso la terapia da seguire. Ero terrorizzata dalla chemio, solo il nome mi atterriva. La sera mi figuravo continuamente mia madre senza capelli e non riuscivo ad addormentarmi.
La mattina in cui andò in ospedale a ritirare il referto decisi di fare la mia prima fuga da scuola. Sarei potuta tornare tranquillamente a casa senza essere scoperta, ma per placare l'ansia me ne andai a zonzo nelle strade del quartiere, camminando a passo svelto per non morire assiderata. Dopo un'ora dovetti cedere ed entrai in un bar. Bevvi un cappuccino bollente per scaldarmi anche se

avevo lo stomaco chiuso. Camminai un'altra ora, poi fui costretta a rifugiarmi nuovamente in un posto caldo. Decisi di passare dalla biblioteca dove sfogliai tutte le riviste e i giornali in consultazione. Alla fine chiesi in prestito il numero massimo di libri consentito, per essere sicura di avere qualcosa di potente da leggere a casa nell'attesa del ritorno di mia madre. Era quasi mezzogiorno quando passai davanti al parrucchiere artefice della mia cresta verde che avevo tenuto a bada tagliuzzando da sola la ricrescita, con le forbici per le unghie. Fu in quel momento che mi venne un'idea fulminea. Entrai.

Quando infilai le chiavi nella porta capii che mia madre era già rientrata. Sentii l'ansia salire dalla pancia e inondare il cervello.

«Mammaaa, ci sei?».

Non udii risposta, ma sentii lo scroscio della doccia che andava.

Entrai di corsa in bagno nel momento in cui mia madre usciva dal box.

«AAAHHH!».

Il suo urlo mi paralizzò.

«Ma che hai fatto? Sei impazzita? Non ti avevo neppure riconosciuta...», disse lei nuda e sgocciolante.

L'occhio mi cadde sullo specchio coperto di vapore e vidi l'ombra di un cranio pelato con un nasone rosso di freddo e la sciarpa ancora intorno al collo. Ero io evidentemente, ma in quel momento non me ne fregava niente.

«Avevo voglia di farlo. Diciamo per solidarietà. Ma tu?».

Non avevo il coraggio di formulare la domanda per intero.
«Credo meglio di quanto potessimo sperare: il tumore è circoscritto e non è aggressivo, non servirà nessuna terapia se non qualche seduta di radio per stare sul sicuro. Secondo loro posso stare tranquilla».
Mi sentii volare.
Per la prima volta vidi il suo seno che non era più lo stesso. Aveva un piccolo avvallamento e una cicatrice rosso scuro messa in diagonale.
«Mamma, sembri una piratessa di ritorno dalla sua battaglia! Sei bellissima...».
Sorrise anche se avrebbe voluto mettersi a piangere. Ma non era il momento delle lacrime.
«Come farai ad andare a scuola senza capelli?», chiese lei stringendosi l'accappatoio addosso e abbracciandomi contemporaneamente.
«E cosa vuoi che sia? Non crederai che la cresta fosse meglio, no?».

Quella notte stessa nevicò.
Nevicò così tanto che chiusero le scuole per tre giorni.
Furono i nostri giorni.
A letto a riposare, dormire, leggere, mangiare, guardare film, scrivere, poi ancora dormire, leggere, mangiare... Pulce non credeva ai suoi occhi. Poltriva felice con noi e ogni tanto ci supplicava di portarlo fuori. Quando arrivava giù rimaneva sbalordito da tutto quel biancore e si lanciava in corse e piroette di gioia, fino a quando non lo riportavo in casa a forza, frizionandolo con un asciuga-

mano e mettendolo a scaldarsi sotto il piumone del letto grande.

Furono i nostri giorni e avrei voluto che non finissero mai.

Ma il quarto giorno, invece, il solerte sindaco decise che avremmo ripreso le lezioni.

Attraversai il parco illuminato dalla neve fino a scuola, calcai bene sulla testa il mio berretto di lana azzurro e non me lo levai per i due mesi successivi.

25

«Che cavolo hai fatto ai capelli?».

Irina mi fissava sbalordita oltrepassando con il suo sguardo a infrarossi il berretto, il cuoio capelluto e persino il cranio, arrivando dritta al cervello. A lei, che era la grazia in persona, pareva incredibile che mi fossi ridotta in quello stato volontariamente.

«Non sopporto di asciugarmi i capelli quando vado in piscina», sparai la prima cretinata che mi venne in mente. Non avevo voglia di tirare in ballo mia madre. È vero che ormai di cancro si parla anche al supermercato e sono tutti pronti a dire che non è più una malattia incurabile, ma quando ti colpisce in casa vorresti far sparire le sue tracce e persino il suo nome.

«E come farai con lo spettacolo?», incalzò Irina. Aveva un golfino morbido color latte che le faceva risaltare i capelli scuri e lucidi, proprio quelli che io non avevo più.

Lo spettacolo! Fino a quel momento non ci avevo voluto pensare perché appresso a quel pensiero ne veniva subito un altro: Claudio. Non avevo il coraggio di immagi-

narmi come mi avrebbe guardata, con il mio berretto da marinaio del Nord.
Rapata a zero ero davvero impresentabile! Avevo fatto le prove davanti allo specchio della mia camera. Di fronte, di lato, persino di schiena, con un doppio specchio. Orrore!!! Non solo avevo scoperto che il cranio rasato mostra la memoria di tutti gli incidenti: la cicatrice della caduta di quando avevi tre anni, lo spigolo del mobile della cucina quando ne avevi sette... Ma fa anche risaltare i lineamenti del viso in modo smisurato, e il naso in particolare. Così il mio naso sembrava essere cresciuto ancora e svettava sul mio viso come la cima di un monte. Come potevo sperare che le labbra di Claudio, con quell'adorabile ricciolo obliquo, potessero ancora desiderare di incontrarsi con le mie? Insomma, come avrei potuto sperare in un bacio? E Marina mi avrebbe permesso di recitare con il berretto?
«Avremo un Cyrano con il berretto, bene, si addice al rap», fu il suo commento non appena varcai la soglia dell'aula prove e nessuno ebbe altro da aggiungere. Forse erano abituati alle mie stranezze o forse non ne potevano più della mia cresta. Per quanto mi riguardava, portare il berretto di lana anche in classe mi era congeniale. Mi sentivo al caldo e al sicuro per poter affrontare quei lunghi mesi invernali.
Il teatro era il mio appuntamento settimanale con il gruppo di cui incominciavo a fidarmi, e con la mia personalissima love story che si svolgeva a puntate.
Più o meno alla ventesima puntata Claudio fece la strada

di casa insieme a me. Aveva la borsa da allenamento e doveva raggiungere i campi da calcio che si trovavano molto vicini a dove abitavo io, così con noncuranza ci avviammo insieme per il parco. Con noncuranza forse lui, perché io camminavo sulle nuvole, anche se con gli scarponi affondavo i piedi nella fanghiglia dissimulando le emozioni troppo vistose.

«Che concerto eri andata a vedere prima di Natale?».

«E a te chi l'ha detto del concerto?».

«Ho i miei informatori segreti...», e partì il sorriso che mi stendeva.

«È un gruppo punk che piace a una mia amica e adesso piace anche a me. I Cashless, li conosci?».

«Sì».

«Davvero?».

«Sì, ma non mi piacciono tanto».

Si passava la borsa a tracolla da una spalla all'altra e non potevo fare a meno di osservare le sue lunghe mani bianche e nervose. Anche quelle mi stendevano abbastanza. E *chissenefrega* se non gli piacevano tanto i Cashless! Gli concedevo ogni peccato considerandolo veniale.

Insomma, può capitare di innamorarsi di una persona che non ha i tuoi stessi gusti musicali, o no?

«No, a me non capiterebbe», rispose Sara il pomeriggio seguente, mentre ascoltavamo il nostro trombettista preferito.

«Però dicono che amare sia proprio accettare i difetti dell'altra persona, quindi alla fine potresti anche stare con uno che non ama i Cashless», aggiunse magnanima.

«Grazie della comprensione! Diciamo che anche il tuo fidanzato ha qualche difetto».

«Figurati! Ne ha un sacco di difetti! È per questo che me ne sto ancora a casa dei miei con Jenny. Non è il massimo ma per ora va bene così. Però a lui i Cashless piacciono».

Sara era piena di contraddizioni, la vedevo come il primo giorno che l'avevo conosciuta: fragile e forte. Avrei voluto fare salti mortali di amicizia per metterla al sicuro, ma sentivo che oltre a non esserne capace semplicemente non era possibile. Lei è una funambola e non cerca reti di sicurezza. Cammina sul filo e può sfracellarsi da un momento all'altro. Eppure quando ti sta accanto ti fa sentire a posto, non hai più bisogno di altro. È una persona che ti riempie, che riempie lo spazio intorno, anche se dentro di lei c'è un enorme buco. Puoi sentire quel buco quasi fisicamente. Credo che sia proprio la sensazione del vuoto.

26

Febbraio trascorse al ritmo della radioterapia di mia madre. Diciotto sedute, non una di meno, non una di più.
Mi cimentai a cucinare diverse cosette niente male, perché la sera volevo che lei riposasse con Pulce sul divano. Spesso invitavamo Sara che non vedeva l'ora di uscire di casa e di avere un buon motivo per non vedere il suo ragazzo. Mi sono inventata diciotto cene speciali.
Mangiavamo facendo chiacchiere spaziali, ossia che spaziavano in lungo e in largo, e una volta sparecchiato giocavamo a qualsiasi gioco di società ci venisse in mente. Mia madre detestava i giochi di carte, ma per il resto accettava ogni proposta.
«Chi vuole essere Miss Scarlett?».
A volte convincevamo Sara a dormire con noi, a me piaceva fare colazione insieme e trascinarmela nel giro mattutino con Pulce.
Insomma, eravamo una famiglia, piccola e traballante, ma a tutti gli effetti una famiglia, e Sara era un satellite che gravitava nella nostra galassia.
Una di quelle sere d'inverno, l'inverno più freddo della

mia vita, mia madre raccontò per la prima volta della mia nascita. La prima volta per me, perché non glielo avevo mai sentito raccontare prima. Ricordo che era la sera degli involtini di verza con i semi di finocchio passati al forno con contorno di riso basmati. E così la mia nascita profumerà per sempre di verza e semi di finocchio. Non è un granché, lo ammetto, tuttavia c'è di peggio, credetemi. Puzza di trippa, tanto per dirne una.
Ma più che della mia nascita raccontò del suo essere diventata madre, che non è esattamente la stessa cosa perché, a pensarci bene, è tutta un'altra prospettiva.
È sempre strano per te che sei figlia pensare a tua madre prima che fosse madre. Insomma, voglio dire che ti rendi conto che sei stata tu a cambiarle la vita nel bene e nel male, e che prima esisteva una persona completamente diversa che non aveva niente a che fare con te. Poi le esistenze si vanno ad intrecciare. Quella di figlia e quella di madre. Può essere un pasticcio molto serio che non sempre va a finire bene.
«Avevo diciassette anni quando ho scoperto di essere incinta, facevo l'ultimo anno di scuola perché i miei mi avevano mandata a scuola a cinque anni».
«Vuoi dire che eri più piccola di me?», chiese Sara.
«Pare incredibile anche a me ora, ma è così. Avevo conosciuto il padre di Rossana l'estate precedente a Maratea, dove andavamo tutti gli anni con i miei al mare. Lui era in vacanza con alcuni compagni di università. Era in tenda. La sera invitavano me e mia sorella in campeggio e noi entravamo di nascosto e trascorrevamo quasi tutta la notte lì, a

suonare la chitarra e a far chiacchiere. Ci siamo innamorati subito, ma io credevo fosse solo una storia estiva. Invece una volta ricominciata la scuola lui venne a trovarmi a Matera. Erano degli incontri difficili perché i miei non erano tanto dell'idea di farmi avere una storia importante con un ragazzo più grande di me. E poi è successo. Sono rimasta incinta e non l'ho detto a nessuno. Beh, solo a tuo padre, si intende, ma abbiamo tenuto il segreto fino a febbraio, ero già al quarto mese, non lo potevo più nascondere. L'ho fatto apposta perché non volevo che nessuno mettesse in discussione la mia gravidanza. Non che fossi ultraconvinta, ma non volevo che nessuno ci mettesse becco. E poi avevo una paura tremenda della reazione dei miei genitori, quindi se avessi potuto avrei rimandato quel momento all'infinito».

Era bello pensarmi nella pancia della mia mamma ragazza, anche se mi resi conto di essere arrivata troppo presto in questo mondo a scombinare i piani di tutti.

«E come è andata con i tuoi genitori?», domandò Sara.

«Come vuoi che sia andata... non mi hanno rivolto la parola per mesi e mi guardavano come fossi la più grande delusione della loro vita. Per fortuna c'era mia sorella che un po' mi copriva, anche se pure lei in fondo era seccata dal trambusto. Faceva l'università, aveva il suo bel fidanzamento e non aveva troppa voglia di avere dei problemi supplementari di cui occuparsi».

In quel momento capii il tono seccato che mia madre aveva al telefono quando parlava con i nonni. Il suo risentimento si era solidificato in quel tono seccato. Una schiuma amara di lumaca che non si riesce a sciacquare via, neppure col

tempo. E per osmosi anche a me quei nonni non mi avevano mai conquistata, nonostante mi dimostrassero affetto quando ci vedevamo. C'era un che di colpevolizzante e insieme di falso in tutto quello che dicevano che mi metteva sulle difensive. Ora capivo cosa fosse quel che. Insomma, se secondo loro la mamma aveva fatto una cosa così sbagliata, perché allora mi facevano tante feste? In fondo ero io la causa e anche l'effetto della colpa della mamma.
«E dopo?», Sara voleva sapere tutto, aveva una vera passione per le storie di famiglia.
«Ho dato l'esame di maturità con un bel pancione, ma subito dopo mi sono trasferita a casa di nonna Elvira. Ti ho fatta nascere lì, mi sentivo al sicuro, e dopo siamo rimasti con la nonna anche perché lei ci aiutava e noi così potevamo continuare a studiare. La nonna era al settimo cielo, non aveva occhi che per te».
Sentii lo sguardo di nonna sulla nuca, una carezza calda e buona che mi aveva accompagnata per tutti gli anni dell'infanzia.
Sara allungò una mano sotto il tavolo e cercò la mia.

L'ultima seduta di radio la festeggiammo alla grande.
Sufflè di riso ripieno di ogni ben di Dio e frutta fritta con crema calda.
Brindammo anche con le bollicine e alla fine eravamo tutte e tre brille e sfinite.
Non l'avrei mai ammesso in quel momento, ma in qualche modo e nonostante tutto ricominciavamo ad essere felici. E io, per giunta, avevo imparato a cucinare.

SE È SOLO LA RAGIONE
CHE PUÒ DARCI UNA CONOSCENZA CERTA,
PERCHÉ
ALLORA I SENTIMENTI
TI CAMBIANO LA VISIONE DEL MONDO?

27

Claudio mi invitò a uscire con lui il primo giorno di primavera.
Sul calendario appeso in cucina in corrispondenza del 21 marzo c'è ancora il disegno di un albero. L'ho fatto io in attesa che arrivassero le sei del pomeriggio. Un albero alquanto aggrovigliato, con tantissime foglie in espansione però. Mia madre era a scuola per una riunione e non sarebbe tornata prima delle sette. Alle sei meno dieci poggiai la matita sulla credenza e mi fiondai giù per le scale. Decisi di lasciare Pulce a casa con una valanga di sensi di colpa ma, per una volta, anzi, per la prima volta, volevo essere libera e non pensare ai suoi bisogni, sia materiali che spirituali. Avevo troppi bisogni miei che premevano e scampanellavano per farsi sentire.
Per prudenza e scaramanzia infilai lo spray nella tasca del giubbotto. Il mio respiro andava meglio, ma non mi sentivo ancora fuori pericolo.
Alle sei e un minuto ero davanti ai cancelli della scuola. Mia madre mi aveva sempre raccomandato di non arrivare in anticipo a un appuntamento importante per non

tradire l'ansia, così pensai che un minuto di ritardo potesse bastare. Di più non avrei potuto sopportare.
Claudio era già lì, seduto sul muretto, con la borsa da calcio abbandonata per terra. Quando mi vide si alzò in piedi e sorrise. Io sorridevo già.
«Ciao, sei stanco?» dissi indicando la borsa.
«No, e tu?».
«Beh, io no, non ho fatto allenamento».
«Bene, perché voglio farti vedere un posto e bisogna camminare un po' per arrivarci, hai voglia?».
«Sì, ma dov'è questo posto?», chiesi io, tanto per dire qualcosa e per porre qualche minima condizione, anche se in realtà l'avrei seguito di corsa fino al circolo polare artico.
«Non te lo so spiegare a parole, è oltre il ponte della tangenziale, un po' fuori, comunque non ci vuole tanto, non più di mezz'ora a passo svelto».
Ci mettemmo in cammino e scoprii che lui aveva un passo davvero molto svelto. Per fortuna anche io non scherzo, quindi presi a trotterellare tranquillamente accanto a lui, e questo mi piaceva molto. Non sopporto le persone che mentre ti parlano rallentano o si fermano, come se non si possa fare le due cose contemporaneamente, parlare e camminare veloci.
Dopo una ventina di minuti ci infilammo in una strada laterale che conduceva a un ponticello pedonale su un piccolo canale. Lo attraversammo e ci inoltrammo in un sentiero alberato completamente fuori dai rumori della città. Incrociammo diverse persone che facevano jogging e qualche cane in passeggiata con il proprio padrone.

Era bello lì. Sembrava di essere già in campagna. Il sole mandava lame di luce sottili e sbilenche sulle foglie e io speravo che tardasse a scomparire dietro i palazzi e ci regalasse un bonus di luce per il nostro primo incontro.
«Eccoci» disse a un tratto Claudio prendendomi per mano e trascinandomi attraverso una rete tagliata in un passaggio clandestino.
Eravamo davanti a un intrico di rami e foglie e tronchi, una capanna di bosco sulle nostre teste.
Mi guardavo intorno senza riuscire a parlare sperando di rimanere attaccata per una mano a quella situazione incantata.
«Sono gelsi antichissimi. È un'oasi gestita dai volontari del quartiere, prima apparteneva all'università. Ti piace?». E mi guardò dritto in faccia, con tanto di ricciolo sulle labbra senza mollare la presa.
Caspita se mi piaceva! Era la cosa più straordinaria che avessi visto dal mio arrivo in questa città. Quasi un Panevino del Nord, insomma un angolo di paradiso. E la persona che mi aveva condotto a simili altitudini era proprio davanti a me e mi sorrideva. Ma non mi usciva la voce, le parole c'erano eppure se ne stavano chiuse e non si decidevano a palesarsi. Sentivo il respiro che si stringeva e proprio non riuscivo a parlare. È così che decisi di baciarlo. O lo baciavo o dovevo tirare fuori lo spray e spruzzarmelo in gola. Voi cosa avreste fatto al posto mio?
Diciamo che Claudio non fece niente per farmi smettere. Anzi.

«Scusa. Se non ti bacio mi viene un attacco d'asma», mi giustificai non appena riuscimmo a staccarci.
«Beh, come scusa niente male, sei la solita originale. Ma mi piaci anche per questo», e a quel punto attaccò lui con un bacio lungo tutto il tramonto. Quando riuscimmo nuovamente a staccarci infatti era buio.
«E poi mi piacciono i tuoi capelli veri», e infilò le dita fra i miei sparuti ciuffi biondi ricresciuti a stento sotto il berretto di lana.
Mi sentivo un uccello tropicale con un naso grande al posto del becco.
«Sembri un pulcino!».
Mi era andata bene, mi rilassai fra le sue braccia che nel frattempo si erano aperte per accogliermi.

Mia madre stava preparando da mangiare quando entrai in casa di corsa.
«Ciaooo!».
Arrivai sparata in cucina sperando di non aver scritto sulla fronte con chi ero stata e cosa avevo fatto. Temevo che mia madre mi rimproverasse per il ritardo, ma ci tenevo al mio segreto e non volevo giustificarmi utilizzando la confessione che forse mi avrebbe salvata dal rimbrotto.
«Ciao, tutto a posto?», mi chiese lei in modo vago tagliuzzando la cipolla.
«Sì, certo», risposi io un po' troppo velocemente. «Cosa stai preparando?».
«Una frittata, ho fatto tardi anch'io».

La frittata con la cipolla, la regina delle frittate e la mia preferita! Proprio il mio giorno fortunato.
«Bello quell'albero che hai disegnato sul calendario», aggiunse con un sorriso complice che io feci finta di non vedere.
Il rapporto con mia madre era di molto migliorato, ma non mi sembrava lo stesso il caso di confidarle quanto mi piaceva baciare. E poi avrei dovuto spiegarle anche quanto mi piaceva Claudio. Infine, per proprietà transitiva, quanto mi piaceva baciare Claudio. Che in realtà non era soltanto una proprietà transitiva, ma qualcosa di esponenziale: baciare Claudio era baciare all'ennesima potenza, e non mi chiedete il risultato, perché la matematica non è il mio forte.
«Ti piace? È un gelso». E sparii in bagno a lavarmi la faccia.

28

La scuola procedeva spedita verso la conclusione e nonostante lo scoglio finale dell'esame che i professori non dimenticavano di rammentarci un giorno sì e l'altro pure, questo era motivo di gioia per tutti. Mattia si era trasformato in un allegro mattacchione, Eleonora si era tagliata i capelli ed era diventata quasi carina, nell'aspetto e nei modi, persino le *inseparabili unghie finte* si erano ridestate dai loro touchscreen unendosi alla classe durante le ricreazioni sempre più lunghe e chiassose, mentre il gruppo teatro ci teneva insieme come pezzi di uno stesso puzzle. Non l'avremmo mai ammesso ma ci dispiaceva lasciarci per raggiungere altri lidi e altre scuole.
Alla fine mi ero iscritta proprio al famoso liceo internazionale per ricconi o geni. Non appartenevo né all'una né all'altra categoria, ma me la cavavo discretamente nelle lingue e Marina mi aveva convinto che il Francese fosse il mio futuro. Mi ero fatta convincere volentieri anche perché Claudio si era iscritto nella stessa scuola per Inglese. Insomma, era una prospettiva incoraggiante.
Quando provavamo il nostro *Cyrano* cercavo di non pen-

sare a Claudio come al ragazzo che baciavo sotto i gelsi. Era diventato il nostro ritrovo speciale. Conoscevamo persino i gatti dei vicini che venivano a cercare le loro avventure nel parco. Non sapevamo i loro nomi ma avevamo dato noi dei soprannomi a ciascuno di loro. "Coda grossa" era una specie di lince, "Cotonata" aveva un pelo così folto e soffice che sembrava uscita dal parrucchiere, "Pantera nera" invece era lunga e sinuosa e tentava gli attacchi migliori ai poveri uccellini...
Erano i nostri amici e testimoni segreti.
«Meno male che gli animali non possono parlare».
«Già. Ci si può fidare di loro».
Non avevo confidato a nessuno la mia storia con Claudio, tranne che a Sara. E a Pulce, naturalmente. Ma lui, giust'appunto, sapeva tenere i segreti.
Man mano che ci baciavamo i nostri corpi si conoscevano. Non che ci toccassimo veramente, non ne avevamo il coraggio. Le nostre mani si tenevano strette aggrappandosi vicendevolmente. Erano i fianchi che si incontravano, le gambe, le braccia, il mio seno contro il suo torace. Facevamo le prove per un amore adulto e prossimo anche se ancora lontano.
Come le prove di teatro. Lo spettacolo vero chissà quando sarebbe arrivato, intanto le prove ci piacevano da morire e si potevano gustare in piena libertà senza l'ansia della prestazione.
«Rossana, tocca a te, ci sei?».
Marina mi richiamava all'ordine e alla mia battuta.
«Certo, certo...».

Diciamo che ogni tanto mi perdevo nei sogni a occhi aperti, e un qualsiasi adulto con un briciolo di esperienza nei fatti dell'amore si sarebbe accorto dove avevo la testa in quei momenti. Ma Marina faceva finta di niente e io le ero grata anche per questo.

Sara si era di nuovo trasferita a casa di Rob dopo una discussione con i suoi genitori.
«Una delle tante, ormai ci sono abituata».
«Ma sei sicura di voler stare da lui? Puoi venire a stare da noi, se vuoi».
Era un pomeriggio ventoso con le nuvole che viaggiavano a gran velocità. Per Bologna era un evento straordinario scoprire il cielo grigio in un sorriso azzurro e bianco. Eravamo sedute sul muretto dirimpetto alla casa del trombettista anonimo. Avevamo ancora intercettato la sua musica un paio di volte. Pezzi di musica classica, questa volta, che nella nostra ignoranza non sapevamo dove collocare. Quel pomeriggio, però, c'era solo il canto degli uccellini e l'abbaiare di qualche cane come colonna sonora. Un bel silenzio di vento e primavera.
«È che ho sempre bisogno di stare attaccata a qualcuno, poi scappo via non appena mi sento delusa».
La capivo, anche se il suo modo di oscillare fra i suoi genitori e il suo fidanzato mi faceva venire il capogiro.
«A volte mi chiedo come sarei diventata se mia madre non mi avesse lasciata in quella stazione».
«Quale stazione?».
«Non te l'ho mai raccontato?».

«No». Un brivido di paura mi attraversò la schiena, proprio in mezzo alle scapole. Drizzai il busto, come in attesa della coltellata.
Sara fece una specie di smorfia con le labbra. Un sapore amaro da inghiottire.
«Avevo cinque anni. Ero sempre vissuta con mia nonna, la mamma di mia madre, fino a un anno prima. Abitavamo sull'altopiano, in una casa fatta di paglia e fango, ma ho un ricordo bellissimo di quegli anni, anzi, è il ricordo più bello della mia vita. Avevamo qualche animale e un po' di terra, la nonna piantava la verdura che mangiavamo. A me sembrava che tutto dovesse scorrere così per sempre. Mia nonna aveva due lunghe trecce scure e odorava di sapone. Un giorno arriva una donna giovane e molto bella e senza dire niente si mette a vivere con noi. Poi una mattina mi prende da parte e mi dice: "Sono tua madre, un giorno di questi partiamo". Non mi chiede se sono d'accordo. Mi dice che andremo in città, in una vera casa, che mi piacerà».
«E tu?».
«Io niente. L'ho seguita. Ma pensavo si trattasse di un viaggio da cui si ritorna, prima o poi. Invece più passavano i giorni, più la nonna e la montagna mi mancavano, e più capivo che non sarei tornata. Dopo i primi tempi lei incomincia a lasciarmi spesso in casa da sola, a volte torna con amici e mi dice di stare chiusa in camera a giocare. Altre volte mi trascina per le strade senza meta. Fuma molto e beve molto. Fino a quando una mattina, dopo mesi di questa vita, mi porta nella stazione centrale della città, mi fa

sedere su una panchina e mi dice di aspettare, che tornerà. Si fa sera e io sono ancora da sola, mi vede un poliziotto e mi porta in caserma. Il giorno dopo mi lasciano in un istituto per bambini abbandonati.
Gli altri bambini avevano tutti storie come le mie o genitori morti. Io però speravo sempre che trovassero mia nonna e mi portassero da lei. Non volevo mettermi il pigiama perché volevo essere pronta ad andare via con lei. Mia madre no, lo sapevo che non sarebbe tornata più, ma neanche mi interessava di lei. Poi un giorno un'assistente sociale mi dice che mia nonna è morta, che da quel momento posso essere adottata. Ho pianto tutta la notte e ho pregato di morire. Invece non sono morta e dopo un anno sono arrivati loro a sceglermi, i miei nuovi genitori».
Ero diventata muta. E per un po' sarei voluta diventare sorda e cieca.
«Merda, che storia», riuscii solo a dire quando mi tornò la voce.
«Lo so. A raccontarla sembra una storia incredibile ma alla fine è solo una storia come un'altra, è solo la mia storia».
«Beh, hai fatto bene a raccontarmela», e presi a massaggiarle un braccio.
Lei si aprì in un sorriso. «D'accordo, non mi smontare la spalla però! Accidenti, ma è tardissimo! Incomincio a lavorare alle tre. Devo scappare, scusa... ci vediamo stasera!».
Sara era scattata in piedi, mi aveva abbracciata ed era scappata via senza darmi il tempo di riprendermi. Lei sembrava quella di sempre. Fragile e forte, con il suo brillantino sul naso, e gli occhi morbidi all'insù.

Rimasi seduta per qualche minuto, frastornata. Avevo un vortice di immagini che mi giravano dentro, ma quella che rimaneva fissa sul fermo-immagine era la piccola Sara seduta sulla panchina della stazione ad aspettare sua madre, mentre la giornata finisce e arriva il buio a prendersela. Chissà com'era senza rasta e senza brillantino sul naso. «Merda!», ripetei a voce più alta, poi mi alzai e presi a muovere le gambe senza sapere dove mi stessero portando.

29

«Ehilà, buongiorno!».

Non mi ero resa conto di essere arrivata davanti alla finestra del trombettista. Era aperta. Un ragazzo con gli occhi scuri che ridevano, seduto nella stanza, la tromba luccicante al sole appoggiata sul davanzale, mi stava rivolgendo la parola.

Io lo fissavo con la bocca aperta, tirando su col naso.

«Problemi?».

«Oh no, scusa, è per via di una storia che ho appena ascoltato», e mi asciugai le lacrime grossolanamente con il dorso della mano. «Così sei tu il trombettista anonimo?». Chiesi tanto per dire qualcosa.

«Il trombettista sì, anonimo non direi, ho un nome e un cognome».

«Beh sì, immaginavo...».

«Mi chiamo Andrea», e allungò il braccio attraverso la finestra. Un bel braccio abbronzato e forte.

«Rossana». Gli strinsi la mano.

«Ti fanno questo effetto le storie?».

«Solo a volte». Non volevo passare per una piagnucolosa ragazzina.
«Capita anche a me. Poi suono e butto fuori le storie con le note».
«Ah, ecco, ora capisco!».
«Cosa?».
«Capisco perché ascoltando la tua musica mi sembrava di ascoltare delle storie».
«Dici davvero?».
«Sì, certo».
«È bella questa cosa che dici», e fece una pausa pensierosa. «Vai a scuola qui vicino?».
«Sì, al di là del parco, e tu?».
«Vado in centro, quest'anno ho la maturità, ma la cosa che mi preoccupa di più sono gli esami del conservatorio».
«Caspita, ti diplomi in tromba?».
«Sì, almeno ci provo...».
«Sono sicura che ti andrà benissimo, sei strepitoso».
«Oddio, non esageriamo. Cerco di muovere questi tre tasti al meglio».
«Ci sono solo tre tasti?».
«Sì, solo tre».
«E come fanno a uscire tutti quei suoni diversi?».
«Dipende da come metti la bocca e come ci soffi dentro».
«Davvero o mi stai prendendo in giro?».
«Ma no, davvero. Ho la faccia di chi prende in giro ragazzine in lacrime?».
E scoppiammo a ridere tutti e due.
Non avevo mai conosciuto, voglio dire nel senso proprio

di parlarci davvero, un ragazzo così grande, ma in quel momento mi sembrò una cosa facilissima, meglio che parlare con i miei coetanei.
«È per questo che ora suoni musica classica?».
«Sì... ma accidenti, allora sei una esperta!».
«No figurati, ho solo ascoltato per anni Dizzy Gillespie che mio padre metteva su per concentrarsi nei suoi lavori di falegnameria».
«Mi sembra un ottimo motivo davvero per ascoltare Dizzy Gillespie. E ora ha finito di costruire la libreria e non lo ascolti più?».
«No, non l'ascolto più», risposi soltanto.
«Puoi venire qui, ogni tanto, quando ne hai voglia, così mi dici che storie senti quando suono. I miei vicini mi vorrebbero uccidere, ma se abiti abbastanza lontano sei salva».
Ridemmo di nuovo insieme.
«Certo che torno», promisi alla fine, e ci salutammo.

30

Di Claudio avevo parlato solo a Sara, della storia che mi aveva raccontato Sara solo con mia madre, di Andrea invece non avevo parlato con nessuno.
Confesso che ne ero gelosa di una gelosia particolare, nel senso che non mi andava di condividerlo con nessun altro. O altra.
Temevo che Sara volesse conoscerlo e mi rubasse la scena, e temevo altrettanto che Claudio me lo potesse demolire come i maschi sanno fare quando vogliono essere gli Unici.
Insomma, era il mio segreto. Non credo ci sia niente di male ad avere un segreto. Credo che in fondo tutti ne abbiano almeno uno, e il mio non era certo peggiore di tanti altri. A volte però, proprio perché non ne volevo parlare con nessuno, mi sembrava fosse solo una fantasia ad occhi aperti, che non esistesse nessun trombettista anonimo dietro nessuna finestra.
Un pomeriggio decisi di tornarci insieme a Pulce, così da avere un testimone fidato.

«Ciao!».
Era alla finestra a suonare la sua tromba e mi aveva salutata non appena ero entrata nel suo campo visivo. Questo confortava la mia tesi che ci eravamo davvero conosciuti.
«Ciao, lui è Pulce».
«Piacere», rispose lui soffiando poi nella tromba un'aria di benvenuto. Pulce non amava i suoni troppo potenti ma allungò il muso per annusare lo sconosciuto.
Confesso che sentirlo e vederlo suonare contemporaneamente mi ingarbugliava lo stomaco.
Se non avesse avuto così tanti anni più di me, se non mi fossi già innamorata di un ragazzo della mia età sotto un gelso, se mi avesse guardata non solo come la sorellina minore... insomma, avete capito dove avrebbero potuto portare tutti questi *se*.
«Va meglio oggi con le storie?», mi chiese lui. Si ricordava di me e anche dei miei sentimenti. Che fosse il mio E.T. gemello piombato sulla terra?
«Direi di sì. La scuola sta finendo e dopo l'esame arriveranno le vacanze. Prima però ci sarà anche lo spettacolo».
«Quale spettacolo?».
«Quello che stiamo preparando a scuola. Un *Cyrano* capovolto».
«Non so come sia capovolto, ma dritto è bello. Hai visto il film con Depardieu? È fantastico».
«Certo, figuriamoci se la professoressa di Francese non ce lo faceva vedere! Vorrebbe portarci l'ultimo fine settimana di maggio in un rifugio di montagna a provare due giorni di seguito senza distrazioni. Così dice lei: "Vi dove-

te immergere nelle prove senza pensare ad altro". Ma vedrai che riuscirà anche a farci camminare su per i monti, è una che non sta mai ferma!».

«Mi pare un'idea bellissima, sei contenta?».

Cavolo se ero contenta! Perché sapevo già che quel fine settimana ci sarebbe stato anche Claudio, e avremmo dormito tutti insieme... Stavamo aspettando soltanto il consenso dei genitori, ma eravamo disposti a lisciarceli ben bene per ottenere il loro sì.

«Abbastanza», risposi tanto per darmi un po' di arie.

Tornando a casa, però, scodinzolavo felice come Pulce.

«E allora, ti piace il trombettista anonimo?», gli chiesi.

Lui mi diede in risposta una musata umida sulla mano.

Piaceva anche a lui.

Tornando a casa quel pomeriggio trovai una sorpresa poco gradita e una molto gradita.

Il vigile di cui non ricordavo più il nome era piazzato in cucina con l'aria di volerci mettere radici. Mia madre invece aveva addosso un'impazienza che solo io potevo individuare.

Ogni tanto si mordicchiava il labbro superiore e so che lo fa soltanto quando sta per esplodere.

«Oh, ecco la signorina senza la cresta. Sei cresciuta!».

Si dà il caso che le ragazze crescono... Dovevo mantenere la calma se non volevo che mia madre lo prendesse a picconate.

«Salve, come va?», riuscii a chiedere.

«Sono venuto a vedere come procedono le cose. Bene,

vedo...» azzardò il vigile con gli occhi incollati sulla scollatura della mamma.
«Molto bene, se non fosse che c'è qualcuno che ruba le biciclette di notte, sa?». Improvvisai. Ogni tanto mi piace improvvisare, mi viene naturale.
Mia madre sgranò gli occhi ma non mi lasciai intimorire. Quando sgranava gli occhi a quel modo voleva dire: «Ma sei impazzita? Smettila subito». Lei invece temeva molto le mie improvvisazioni.
«Davvero?», fece quello, costretto a guardarmi.
«Vero, verissimo, anzi, venga con me che le faccio vedere dove accade il furto», e senza dargli troppo tempo per pensare, opporsi, e arrestarmi per falsa testimonianza, lo trascinai per le scale tirandolo per la divisa, e poi nel giardino condominiale, davanti a una rastrelliera piena zeppa di biciclette sgangherate.
«È qui», dissi.
«È qui cosa?».
«È qui che avviene il furto».
«Ma chi sono le vittime del malfattore?».
Le vittime del malfattore???
«Beh, non si sa, perché queste biciclette non hanno un vero proprietario».
«E allora che furto è?».
«Furto contro ignoti».
Al vigile piacquero molto gli ignoti da mettere in coppia con i malfattori, perché se ne andò soddisfatto annotando qualcosa su un blocchetto nero, dimentico della donna affascinante del quarto piano.

Risalii di corsa e trovai mia madre un po' in ansia.
«E allora?».
«Allora l'ho messo sulla pista giusta che lo terrà impegnato per un po'».
Scoppiammo a ridere insieme e ci rilassammo. A quel punto arrivò la buona notizia. Me l'ero meritata.
«Per fortuna, devo fare le schede per la scuola e quello non se ne voleva andare... A proposito, oggi pomeriggio mi ha chiamato la mamma di Laura, la rappresentante della tua classe, e mi ha detto che tutti i genitori hanno dato il loro consenso: potete partire per le prove dello spettacolo».
E vai!
Non potevo desiderare di meglio. Claudio mi stava sorridendo da qualche parte e Andrea gonfiava la sua tromba verso il cielo suonando una magnifica colonna sonora.

31

Il giorno prima di partire per la montagna passai a salutare Andrea, per lo meno volli provarci, perché nessuno mi assicurava di trovarlo nella sua postazione fissa a suonare. Andrea era un tipo strano per avere 19 anni. Lo vedevo sempre lì sul mio personalissimo palcoscenico a provare, e sembrava che non avesse altra vita che quella. Invece di sicuro anche lui aveva una famiglia e degli amici e magari una ragazza... ma non ne parlava mai.
Arrivai un po' ansimante perché avevo appuntamento con Claudio dai gelsi dopo mezz'ora, ed era più o meno il tempo che occorreva per arrivarci.
Qualche centinaia di metri prima, sul vialetto del parco, mi colpirono le note della sua tromba. Stavolta non era Bach, era di nuovo quel canto solitario che ti porta sulle montagne russe fra malinconia e felicità.
Mi avvicinai piano per non disturbarlo e mi fermai a qualche passo di distanza.
Aveva la barba cresciuta di qualche giorno, scura come i capelli. Le braccia abbronzate e forti sembravano tutt'uno con lo strumento e le mani si muovevano sicure sui

tasti. Che belle le sue mani! Avrei potuto osservarle per ore. Le sue labbra assumevano strane forme sul bocchino ma confesso che non osavo guardarle troppo. Non so, mi pareva una cosa in qualche modo intima, mi vergognavo. Dopo poco mi vide e staccò le labbra dalla tromba.

«Ciao!», dissi avvicinandomi.

«Ciao!».

«Che musica è quella che stavi suonando?».

«Niente che abbia a che fare con l'esame del conservatorio. Sembra una maledizione: più si avvicina la data dell'esame e più mi viene voglia di suonare altro».

«È un *altro* molto bello, però».

«Sì, il jazz mi ha cambiato la vita. Lo inseguo e non lo raggiungo mai, in particolare Miles Davis. Praticamente un lillipuziano che insegue un gigante. Conosci anche Miles Davis?».

«Sì, mio padre ascoltava anche lui. Non credo di capire molto del jazz, per me è legato a mio padre, anche a me pare qualcosa di irraggiungibile».

«Io sono arrivato al jazz attraverso Paolo Fresu, lo conosci?».

«No, lui no, non lo conosco, è italiano?».

«È sardo, come me».

«Ma dai... sei sardo? E come mai sei arrivato nella pianura padana?».

«È una storia lunga...».

Rimasi in silenzio. Mi incuriosiva la sua lunga storia, ma nello stesso tempo i minuti passavano e pensavo a Claudio sotto il gelso...

«Prima o poi te la racconto. Ora però mi tocca provare Bach!», e alzò gli occhi al cielo, come a dire, «Signore dammi tu la forza».
«Coraggio che sei bravissimo. Volevo dirti che alla fine partiamo per la montagna, domani mattina all'alba. Quando torno passo a raccontarti come è andata».
«Grande! Sarò ancora qui, ci puoi contare», e si distese in un sorriso dolcissimo.
Scappai via di corsa.

Ci misi così poco che arrivai prima di Claudio.
Avevo il fiatone ma soltanto perché avevo galoppato senza fermarmi mai.
Mi misi a sedere sul tronco di un gelso che faceva un'ansa bassa offrendosi come appoggio naturale. Il contatto con il legno vivo degli alberi mi emoziona sempre e mi calma. Feci scivolare il dorso della mano su e giù per sentire la corteccia rugosa e mi appoggiai con tutto il peso del mio corpo. È bello essere sostenuti da un albero, state sicuri che non vi tradirà. Al massimo sarete voi a tradirlo.
La nostalgia mi invase a tradimento, risentii sotto la pelle il tronco del mio fico rifugio e ne percepii persino il profumo. Era tanto che non accadeva. "Accidenti", pensai in quel momento. "Non si può mai stare tranquilli. Basta una melodia, un tramonto, un pezzo di natura, e ci ricaschi come una pivellina".
«Buh!», Claudio arrivò alle mie spalle per farmi un scherzo e mi strappò ai ricordi.

«Ehi, ma sei matto? Mi fai prendere un colpo!». Ma già ridevo e la pancia si rilassava.
Venne a sedersi anche lui sul tronco del gelso. Ci stringemmo. Era bello stare nello stesso posto e farsi spazio a vicenda.
«Hai preparato lo zaino?», mi chiese.
«No. Perché, tu lo hai fatto?».
«Certo! Lo sai che sono un pignolo. Ho fatto persino la lista...».
«Non mi dire... per due giorni?».
«E allora? Due giorni o un mese devi sopravvivere, no?».
«E qual è la cosa a cui non avresti mai rinunciato?».
«Il pallone, è ovvio».
«Il pallone? Non dirmi che ci hai infilato dentro una palla da calcio!».
«Eccome se l'ho fatto! È per questo che dovevo centellinare lo spazio per le altre cose e serviva un calcolo razionale».
«Baciami», gli chiesi all'improvviso.
«Cosa?», ribatté lui smarrito.
Lo presi per i capelli e lo baciai. Non avevo voglia di spiegare cos'era la nostalgia, cos'era la paura, cos'era l'eccitazione, cos'era il desiderio improvviso che cancellava tutto.
A volte i baci raccontano più delle parole.

32

Il rifugio dove ci sistemammo era quello della forestale, in sasso e legno, spartano, odoroso di boschi e funghi.
Una scala esterna portava al primo piano dove c'erano due stanze, una grande con la cucina, il camino, un tavolaccio e diverse panche per mangiare, e una più piccola con la dispensa, mentre una pesante porta di quercia consentiva l'accesso al piano terra, un unico spazioso locale dal soffitto basso, con due piccole finestre infilate nei muri spessi. Lì avremmo dovuto dormire stendendo per terra i nostri sacchi a pelo e materassini di fortuna contando sul fatto di essere una classe poco numerosa.
Arrivammo in tarda mattinata, ci sistemammo, mangiammo i panini che ci eravamo portati da casa, e nel pomeriggio facemmo le nostre prime prove all'aperto, sul piazzale davanti al rifugio.
Eravamo distratti e molto su di giri, non ricordavamo gli attacchi, le posizioni sul palco, men che meno le entrate e le uscite. Spesso ci coprivamo con le battute e ci scontravamo negli spostamenti.
Marina era preoccupata anche se cercava di mantenere la

calma. Dopo un paio d'ore di prove strazianti prese una decisione.
«Stop!», urlò.
Ci fermammo nelle diverse posizioni che occupavamo in quel momento.
«Stop!», ripeté a voce più bassa per farci anche stare zitti.
«Ascoltate, ora sospendiamo tutto e andiamo a fare una bella passeggiata nel bosco, poi al rientro cuciniamo, ceniamo, e dopo facciamo una super prova generale, senza fogli volanti, senza interruzioni, insomma una prova dall'inizio alla fine. D'accordo?».
Eravamo d'accordo, rompemmo le fila e dopo una mezz'ora trotterellavamo felici per la salita verso la cima del monte. Sembravamo dei boy-scout in vacanza, nessuno parlava più dello spettacolo, cercavamo more e fragoline di bosco, raccoglievamo bastoni e foglie particolari, cantavamo a squarciagola qualsiasi motivo venisse lanciato nell'aere.
Marina sembrava aver ritrovato il suo solito buonumore, passeggiava con un'andatura sostenuta senza mai perderci d'occhio, dal primo all'ultimo.
Nel tornare alla base sentimmo dei tuoni in lontananza ma non ci facemmo troppo caso. Il cielo era chiaro e screziato di rosa.
Io e Claudio ci comportavamo da amici, perché non volevamo che gli altri scoprissero la nostra storia. Volevamo finire così la terza media e solo dopo l'esame uscire allo scoperto, se la relazione avesse retto. Era stata una specie di promessa che ci eravamo fatti: «Non diciamolo a nessuno,

in classe facciamo finta di niente, altrimenti sai quanto ce la fanno lunga!». In compenso ci eravamo dati un appuntamento notturno davanti ai bagni che si trovavano fuori dal rifugio, nella speranza di riuscire a trascorrere parte della notte abbracciati sopra un sasso, vicino al torrente che scorreva a pochi metri di distanza.

La sera, dopo aver mangiato e risistemato la cucina, Marina ritornò ad essere efficiente e ci radunò rapidamente nella stanza al pian terreno.

«Bene, ora statemi ad ascoltare» ci disse disponendoci in cerchio.

«Lasceremo tutti gli zaini con i cellulari dentro, ripeto, con i cellulari dentro, in cucina, e verremo qui sotto solo con i copioni e con una bottiglia d'acqua nel caso abbiate sete. Andate anche in bagno prima così non mi chiederete di uscire, perché vorrei veramente stare qui dentro per un'ora senza interruzioni, e provare lo spettacolo tutto intero. Intesi?».

Borbottammo un po' ma accettammo le restrizioni di buon grado perché sapevamo anche noi che c'era bisogno di una stretta se volevamo presentarci in teatro la settimana successiva senza doverci vergognare.

Così, nel giro di una decina di minuti, c'eravamo tutti, nudi e crudi, ossia senza cellulari e marchingegni elettronici. Le *inseparabili unghie finte* tamburellavano nervose sui loro braccialetti d'argento in mancanza dei touchscreen.

Io era accanto a Eleonora e ci scambiammo un sorrisetto complice.

In quel momento un tuono crepitò più forte degli altri e

un vento improvviso si alzò sul piazzale sollevando le foglie e diffondendo un forte odore di pioggia.
«Forza classe, stiamo per iniziare», incitò Marina chiudendo la porta per lasciare fuori il temporale e le distrazioni.
Partimmo.
Sembravamo attori consumati, passavamo dalle rime antiche al rap più scatenato con disinvoltura, sbagliavamo senza però fermarci, ritrovavamo la battuta persa e ci divertivamo un mondo.
Il fulmine ci colpì mentre Irene stava declamando: «Ero tua, ed era ogni foglietto un petalo staccato dal fiore del tuo cuore...». Neanche a farlo a posta fu *cuore* l'ultima parola che riuscimmo a sentire, perché una luce fortissima illuminò la stanza, e subito dopo un boato si abbatté sulle nostre teste lasciandoci completamente al buio.
Urlammo quasi tutti e questo provocò un effetto panico che ci stordì ulteriormente, nonostante Marina ripetesse come un mantra: «State calmi, state calmi...», con una voce che non le avevo mai sentito prima.
«SIAMO BLOCCATI, SIAMO BLOCCATI!», urlò Andrei tentando di aprire la porta, che però sbatteva contro qualcosa di duro che evidentemente ne impediva l'apertura.
«Calma, calma, fatemi provare...». Marina si avvicinò a tentoni, poi provò due o tre volte a spingere l'uscio ma infine dovette arrendersi. «È caduto qualcosa là fuori, forse un albero che ci blocca l'uscita. Però ora è tutto passato e sicuramente troveremo una soluzione, l'importante è che stiate tutti bene... state tutti bene, vero?».

Più che una domanda sembrò una supplica, a cui rispondemmo in ordine sparso per tranquillizzarla.

«Ma ora come facciamo? Non abbiamo neppure i cellulari per avvisare qualcuno», osservò Alice, una del terzetto *unghie finte*.

Io non avevo fiatato fino a quel momento, ero rimasta impietrita ad ascoltare i vari movimenti e a capire in che guaio esattamente ci eravamo ficcati. Dopo l'osservazione di Alice sentii il respiro farsi più cupo e un leggero sibilo provenire dalla mia gola. Conoscevo quel segnale e potevo immaginarmi le conseguenze se l'Uomo Ragno non fosse venuto a salvarmi infilandosi attraverso le sbarre delle finestrelle per consegnarmi a domicilio lo spray che era infilato nella tasca dello zaino al piano di sopra.

Il sibilo aumentò, più aumentava più mi agitavo e più mi agitavo più aumentava... il classico gatto che si morde la coda in versione horror! Eravamo al buio, chiusi in una specie di baita in cima a un monte, non avevamo alcun mezzo di comunicazione per chiedere aiuto, né cellulari, né internet, né segnali di fumo o piccioni viaggiatori, era notte e come non bastasse il temporale continuava a crepitare sulle nostre teste. Potevamo essere in un guaio peggiore? Per quanto mi riguardava sì, poteva venirmi l'attacco d'asma, o l'attacco di panico, o entrambi mescolati assieme e portarmi all'asfissia in pochi minuti non potendo usufruire del magico cortisone...

«Mammaaa... papà...», invocai con voce strozzata. Furono le ultime parole che riuscii a pronunciare perché dopo dalla gola uscì solo un orribile rantolo: più cercavo di spingere a forza aria attraverso la faringe, più l'epiglottide si serrava producendo un suono che terrorizzò i presenti oltre che ovviamente me stessa. Sarei morta per mancanza d'aria. Ormai ne ero certa ma non potevo che assistere alla mia fine senza potermi ribellare.

Mi sarei aspettata che Marina a tentoni mi raggiungesse per scongiurare l'inevitabile, invece la sentii dire con voce impassibile: «Bene classe, riprendiamo le prove, forza, a che punto eravamo rimasti? Coraggio, Serena, stavi dicendo tu la battuta se non sbaglio...».

Al rantolo successivo sentii l'abbraccio di Claudio che finalmente mi aveva raggiunta alle spalle e la gola cedere di qualche millimetro. Intanto Serena rappava impazzita tutto quello che le veniva in mente, un fuori copione straordinario che nessuno osava interrompere.

«Baciamoci ragazzi, se la vita ci spaventa, se non siamo tutti pazzi scaliamo quella torre, affrontiamo la tormenta...», una roba del genere che procedeva a cascata sul mio rantolo cercando di farlo arretrare. E Marina: «Molto bene, avanti così, forza gli altri, non rimanete lì imbambolati... attaccate con le vostre battute, forza!».

Dopo un momentaneo e comprensibilissimo stato di confusione, ciascuno riprese il suo posto nel buio e nel sonoro della recitazione. Il mio rantolo diminuiva sensibilmente sui versi di Rostand e sentivo l'aria tornare a farmi visita. Credetemi, non c'è niente di più bello che una boccata d'aria fresca mentre già pensavi di morire soffocata! Ma ancora non volevo abbassare la guardia: sentivo le voci dei compagni intorno a me che si animavano e riprende-

vano normalità, eppure continuavo a respirare piano e in modo ritmato, cercando di tenere i pensieri bloccati con i muscoli tesi. Non si sa mai con i pensieri, possono farti dei brutti scherzi...
Fu a quel punto che sentii le mani di Claudio staccarsi dalle mie spalle, dove erano rimaste incollate per tutto il tempo, e scendere lievi sul mio corpo. Incominciò un massaggio lentissimo che alla fine divenne solo un tocco, una carezza sulla schiena, poi sulla pancia, e poi sul mio seno. Era dietro di me e tenendomi appoggiata su di lui mi accarezzava piano. Se lo fece con l'intento di rilassarmi, di calmarmi e di salvarmi così da morte sicura, o se semplicemente gli andava di farlo, non lo saprò mai, di certo fu una sensazione meravigliosa che mi riportò alla vita. Sentivo le parti sfiorate da lui rianimarsi, sentivo il corpo farsi proprio corpo come non lo era mai stato, unito, morbido, e con tanto di anima dentro. Il mio seno era teso sotto le sue mani, il respiro era calmo e libero, e ora che avevo scoperto quella sensazione avevo un unico desiderio: non perdere il contatto con Claudio e ricordarmelo per sempre.
In una breve pausa fra una battuta e l'altra si sentì la voce di Marina: «Rossana, come va? Sei di nuovo con noi? Se ci sei batti un colpo!».
Mi schiarii la voce e con un po' di timore risposi: «Respiro... Sì, respiro».

Quando la guardia forestale arrivò a liberarci durante il suo giro di ricognizione erano le sette della mattina e noi stavamo ancora provando fra uno sbadiglio e l'altro.

Non appena la porta fu aperta e la luce del giorno ci inondò con il suo profumo di bosco e terra bagnata, noi ragazzi esplodemmo in urla di gioia e Marina scoppiò in un pianto a dirotto. Non avevo mai visto una professoressa piangere e tanto meno mi sarei immaginata di veder piangere la mia mitica prof. di Francese, ma bisogna ammettere che le condizioni erano davvero straordinarie e tutte le previsioni normali erano andate a farsi friggere. Ci stringemmo così tanto a lei per consolarla e abbracciarla, che smise subito di piangere e trovò la forza anche di ridere. Tutto sommato ce l'eravamo cavata egregiamente, il mio soffocamento era stato scongiurato, non c'erano feriti, e ormai conoscevamo il copione a memoria comprese le improvvisazioni più audaci.
Forse fu per questo che la settimana successiva ci esibimmo in uno spettacolo strepitoso. Non eravamo neppure emozionati poiché tutte le emozioni le avevamo già vissute nel rifugio la notte del temporale.
Anche se per me vedere mia madre e mio padre seduti uno accanto all'altro in platea fu un bel colpo!
È vero, devo fare un passo indietro perché ho saltato un pezzo. È la parte che faccio più fatica a raccontare ma se non ve la raccontassi non capireste nulla di questa storia.

33

La sera in cui rientrammo dalla nostra avventura in montagna avevo addosso un'eccitazione incredibile ma anche una stanchezza enorme dovuta al sonno mancato e a un surplus di stimoli.
Dopo aver chiacchierato a lungo in cucina con mia madre, questa decise che era ora di andare a dormire. La vedevo felice di potermi riabbracciare ma anche con una certa ansia addosso che io attribuii al pericolo scampato e alla concitazione delle ultime ore, quindi non ci feci molto caso.
Mi aiutò a svestirmi, mi preparò una camomilla, mi rimboccò le coperte e mi invitò a chiudere gli occhi mentre lei avrebbe completato di compilare alcune scartoffie per la scuola in cucina. Non me lo feci ripetere due volte, abbracciata a Pulce scivolai nel sonno in pochi secondi.
Quando mi svegliai l'orologio segnava le due e la luce sul comodino era ancora accesa. Sentii uno scricchiolio nell'ingresso che non riconobbi. Senza pensarci due volte scesi dal letto e andai a vedere. Mia madre era sulla soglia di casa, ancora con le chiavi in mano, vestita di tutto punto, con un'aria da bambina scoperta a rubare la marmellata.

«Mamma, dove sei andata?», le chiesi allibita.
«In cantina», mi rispose mordendosi il labbro superiore.
«In cantina a quest'ora? E a fare che?».
Lei mi guardava e capivo che stava decidendo cosa dirmi.
«Mi stai nascondendo qualcosa!», la incalzai risentita.
Mi venne in mente che nei giorni precedenti l'avevo sorpresa al telefono mentre bisbigliava per impedirmi di ascoltare. Improvvisamente fui colta da un pensiero terribile.
«Non è che sei di nuovo malata e non vuoi dirmelo? Mamma, ti prego...».
«Ma no, cosa vai a pensare, sto benissimo!», rispose di getto e mi convinse subito.
«E allora cosa c'è, vedi qualcuno? Puoi dirmelo se vedi un uomo, basta che non sia il vigile!».
«Sei matta? No, il vigile no, ma...».
«Ma?».
Eravamo nell'ingresso, erano le due di notte, e non riuscivamo a smuoverci da lì.
«Sei sicura che lo vuoi proprio sapere?», chiese a quel punto lei, che parve aver preso la sua decisione.
«Sì, certo», risposi con la massima incoscienza.
«E allora... la verità è che vedo tuo padre».
«COSA? Stai scherzando, vero?».
«No, dico sul serio».
«Non ci credo!», ribattei alzando la voce.
«Se non ci credi vai a vedere di persona. È giù in giardino che aspetta un mio cenno dalla finestra per andarsene».
Non capivo cosa stesse succedendo e perché mio padre fosse a Bologna e ancor di più perché fosse proprio nel

nostro giardino, però seppi in quell'istante che dovevo vederlo. Infilai le scale di corsa e arrivai in giardino in pigiama, seguita a ruota da Pulce, pregando che non se ne fosse andato.

Mio padre fumava appoggiato a un albero. La brace della sigaretta gli illuminò gli occhi e io sentii i miei riempirsi di lacrime. In quel momento mi vide, buttò via la sigaretta e mi venne incontro. Ci abbracciammo perdutamente per un tempo lunghissimo. Tutto il tempo del nostro distacco. Pulce mi leccava le gambe preoccupato.

«Sei grandissima», mi disse quando riuscimmo a separarci.

Non riuscivo a guardarlo in faccia.

«Ce la fai ad ascoltarmi?».

Feci di sì con la testa. La voce non voleva uscire.

«So che sei molto arrabbiata con me e non ho voluto tormentarti in questi mesi, ma è venuta l'ora che ti spieghi. Vieni qui, mettiamoci seduti», e mi portò verso una panchina.

Si accese un'altra sigaretta e prese a parlarmi guardando gli alberi.

«Quando è morta la nonna sono successe tante cose».

«Lo so», dissi io, pur non sapendo a quali cose si riferisse lui. Io pensavo alle mie di cose e quelle non le avevo dimenticate.

«Sono successe anche cose che non ti abbiamo raccontato. Lo abbiamo fatto per proteggerti, per tenerti fuori da tutto il marcio». Aspirò una lunga boccata, poi riprese. «Vedi, io e la mamma negli ultimi tempi non andavamo più così d'accordo, questo è vero. Lei voleva andare via dal Sud, voleva venire in una grande città del Nord a lavorare, e più passava il tempo più io invece non volevo staccarmi dalla mia casa. Avevo pensato che morta la nonna niente mi avrebbe più tenuto legato a quel luogo e invece accadde l'opposto. Però accadde anche un'altra cosa, più brutta ancora...».

Lo sentivo respirare. Il respiro di mio padre. E avevo paura di sentire il resto.

«Diedero fuoco al mio laboratorio di restauro», disse con uno sforzo.

Non mi aspettavo niente di simile. Mi voltai a guardarlo.

«Ma cosa dici, papà, chi è stato?».

«Sono stati dei delinquenti, dei mafiosi. Hanno cercato prima di convincermi ad accettare un traffico di quadri rubati e quando ho rifiutato mi hanno attaccato. Li ho denunciati e sono stati arrestati. Ho rimesso in piedi il laboratorio ma da quel momento non mi sono sentito più sicuro. Ecco, vedi, tua madre voleva portarti via anche per non metterti in pericolo, e aveva ragione, ma voleva che io vi seguissi, e io non ce l'ho fatta. Così abbiamo rotto. Capisci, adesso? Avevo bisogno di non scappare. Poi, con calma, si vedrà. E avevo paura di dirti tutte queste cose, ti vedevo troppo piccola, temevo che mi avresti chiesto di seguirvi, e sapevo che non avrei potuto accontentarti».

«È vero, te lo avrei chiesto».

«Lo so».

Infilai la mano nel pelo caldo di Pulce che stava seduto al mio fianco, saldo e fedele. Il cane della mia nuova vita mi faceva sentire la sua presenza sicura.

«Ma non sono più piccola», aggiunsi.
«So anche questo, sei grandissima», e mi sorrise con quel sorriso di cui quasi mi ero dimenticata.
«Infatti, ora che mi hai detto tutto questo non te lo chiedo».
«Bene».
«Ma te lo chiederò».
«D'accordo, e io farò in modo da poterti rispondere di sì. Con la mamma abbiamo ripreso a parlare. È già qualcosa. Però tu intanto puoi tornare a Panevino tutte le volte che vuoi. Casa di nonna Elvira sarà sempre anche casa tua».
Il profumo di mio padre intriso di legno mi rimase dentro per tutta la notte.

SE IL PASSATO DELLA FARFALLA
È SOLO IL BRUCO,
PERCHÉ
SI FA COSÌ FATICA
A GUARDARE INDIETRO?

34

Il giorno dopo lo spettacolo mi sentivo svuotata.
Avevo salutato i compagni che avrei rivisto solo agli esami, la mitica Marina, Claudio che partiva al mare con i suoi per una settimana, e avevo riabbracciato per l'ultima volta mio padre che tornava al Sud.
Mi aggiravo sola per le stanze come un fantasma. Faceva caldo, mia madre era a scuola, Sara era al lavoro, Pulce ansimava, le mosche si divertivano con il mio latte, e io non riuscivo a mettere ordine nei pensieri.
Mio padre mi aspettava per le vacanze estive e mia madre non si opponeva. Ormai si sentivano più tranquilli, in tutti i sensi. Lei però non ce la faceva ancora a tornare. Doveva capire meglio. Così aveva detto e quando mia madre deve capire meglio può metterci una quantità di tempo considerevole, di sicuro più di un'estate intera. Mio padre aveva promesso che sarebbe tornato a Bologna forse già in ottobre a sondare il terreno per poter fare qualche lavoro in zona. La sua intenzione è quella di avere due luoghi, due case, due lavori. Non si sa se una moglie, ma una figlia di sicuro. Quella non l'aveva mai persa, ora lo sapevo.

Però ero indecisa lo stesso se partire per Panevino dopo gli esami oppure no, avevo paura di fare i conti con i ricordi e con i fantasmi dell'ultimo anno. Ma senza questa decisione in tasca non sarei riuscita ad aprire libro, ne ero certa! Molte mosche mi ronzavano nella testa oltre che nel latte.
Decisi di andare a fare due passi senza una meta precisa. Mi infilai un paio di calzoncini e una maglietta giusto per non uscire in mutande, feci un fischio a Pulce e mi avviai svogliatamente verso il parco, lasciandomi trascinare dall'olfatto del mio cane.
Anche lui procedeva lento e seguiva meccanicamente i soliti percorsi per non fare troppa fatica: attraversò in diagonale il prato ingiallito dal sole, mollò una stanca pipì sui tronchi rugosi dei prugnoli, imboccò il vialetto che portava alla bassa collina del parco, rasentando con il suo corpo i cespugli odorosi, forse alla ricerca di un filo d'ombra dove trovare riparo. E io con lui.
Il profumo intenso e secco del rosmarino si intrufolò nel mio naso all'improvviso e andò a ridestare i pensieri confusi che circolavano sparsi dentro di me, riacciuffandoli per la coda e riportandoli al centro del mio cuore.
Che cosa volevo veramente ora che i muri erano crollati e potevo di nuovo percorrere diverse strade? Proprio ora che mio padre era ricomparso all'orizzonte e mi teneva aperta la porta di Casa, quella di nonna Elvira e della mia infanzia, avrei avuto il coraggio di tornare a Panevino dopo un anno di assenza e di mancanza? E soprattutto, ero sicura di riuscire poi a tornare a Bologna, in questa grande città nebbiosa che alla fine però mi aveva accolta,

accarezzata con le foglie d'autunno, protetta sotto i portici, persino riscaldata con la sua neve?
Volevo la collina di fronte al mare di un morbido Sud ma per la prima volta volevo anche il terrazzino di fronte al parco di un vigoroso Nord. Sarei riuscita insomma a mettere insieme tutti e due quei luoghi se non sulla cartina geografica per lo meno nella geografia dei miei sentimenti?
Morivo dalla voglia di tornare nel sapore della nonna e sotto lo sguardo di mio padre, ma non volevo più rinunciare al rapporto con quella mamma bambina che ormai era cresciuta diventando a pieno titolo una grande madre. E neppure volevo più rinunciare a Sara, a Claudio, ad Andrea... ma certo, Andrea!
Mi girai di scatto e incominciai a correre.
Peccato che dovetti subito fermarmi perché Pulce si era impuntato e non aveva nessuna voglia di seguirmi.
«Forza, pigrone!», gli dissi cercando di tirare il guinzaglio per farlo muovere.
Pulce mi guardava con un'aria strana e con il sedere saldamente piantato per terra. Fui costretta a fermarmi e a guardarlo anch'io. E così capitò anche a me una cosa alquanto strana: come in uno specchio vidi nel suo sguardo me stessa. Eravamo uguali, due randagi, ma due randagi in cerca di cuccia e di coccole, disposti per questo anche a metterci in viaggio.
«Ma certo, ci sei anche tu! Non ti lascio, e se saremo capaci di andare saremo anche capaci di tornare, te lo prometto». Dissi alla fine. Non so cosa capì, ma si sa, i cani capiscono l'essenziale al di là delle parole. Si alzò sulle

quattro zampe, si diede una vigorosa scrollata e prese di nuovo a seguirmi con la sua galoppata sghemba.

Corremmo per tutta la strada, nonostante il caldo afoso, fino alla sua finestra.

«Ciao!», dissi ansimante e sudata quando ci andai quasi a sbattere contro.

Andrea sonnecchiava con il mento appoggiato alla sua tromba.

«Oh, chi si rivede!», disse ridestandosi.

«Ti devo raccontare un sacco di cose e ti devo chiedere un consiglio, sei l'unico che può aiutarmi...».

«Vieni su», mi disse lui con una strana flemma.

«Non devi scavalcare la finestra insieme al cane», aggiunse di fronte al mio stupore, e fece un cenno con la mano per indicare il portone. «Ti apro».

Ci eravamo parlati sempre attraverso la finestra aperta e la sua proposta mi sembrò strana, come leggere un libro al contrario, ma accettai lo stesso. Mia madre mi esortava sempre a non fidarmi degli sconosciuti, a non accettare un passaggio in auto o un invito a casa da loro, ma Andrea semplicemente non era uno sconosciuto: occupava già un posto sicuro e conosciuto dentro di me, ne fui sicura proprio in quel momento. Mi infilai nel portone fresco e vidi una porta aperta sulla sinistra, entrai insieme a Pulce e...

«Cavolo, ma che ti è successo!», urlai quasi per la sorpresa.

Andrea era seduto su una carrozzina con la tromba in braccio. Pulce diede una musata allo strumento tanto per salutare.

«Niente, perché?», chiese sornione.

«Ma... perché... perché non puoi camminare?».

«Ah, ti riferisci a questo? È una storia vecchia. Ho fatto un incidente in auto, avevo sette anni».

«SETTE ANNI? E poi?», chiesi con la voce che mi tremava.

«Mia madre è morta e io mi sono salvato. Mio padre mi ha portato a Bologna per curarmi. Lui sperava che mi rimettessero in piedi, così poi alla fine ci siamo rimasti».

«Era questa la lunga storia che volevi raccontarmi?», chiesi con un filo di voce.

«Diciamo che questo è solo l'inizio, poi sono successe un sacco di altre cose. La tromba per esempio» e diede un colpetto sulla pancia dello strumento.

«Perché in tutti questi mesi non mi hai detto niente? Mi sento una stupida adesso».

«Ma no, smettila. Era così bello parlarci attraverso la finestra! E poi forse non eri ancora pronta ad ascoltare questa storia, o sbaglio?».

Ci pensai su. Non sbagliava.

«Forse hai ragione» dissi. «Ma negli ultimi giorni sono tanto cresciuta», e riuscii finalmente a sorridere.

«Ah sì? E allora, prima di raccontarmi tutto e di chiedermi consigli giganteschi, tieni, è arrivato il momento di provare a soffiarci dentro». Andrea mi allungò la tromba. Sapevo che prima o poi l'avrebbe fatto e non vedevo l'ora. Però non ero certa che quello fosse il momento adatto. È vero che mi sentivo cresciuta, ma avevo ancora una bella confusione in testa.

La presi con cautela ed esitavo a portarmela alle labbra.

«Coraggio, tira fuori quella forza che hai dentro e respira!», mi spronò lui.
Provai a soffiare, ma dalla tromba uscì solo una specie di pernacchia che fece rizzare il pelo al povero Pulce.
«Forza, riprova», insistette Andrea. «Mettici dentro la storia che devi raccontarmi. Mettici dentro ogni storia e ogni dubbio che ti viene in mente. Mettici dentro tutto!».
E così soffiai di nuovo. Prima con la gola, poi sempre più in fondo con tutta la pancia, fino a quando un grido stonato e meraviglioso riempì la stanza, la gonfiò fino all'inverosimile e la sparò in alto insieme ai sogni più belli.
«Caspita... che aria è questa che hai appena suonato?».
Lo ringraziai con gli occhi e gli risposi senza ombra di dubbio: «Aria di Panevino!».

NOTA BIOGRAFICA

Vivo a Bologna ma sono nata a Taranto, dove ho imparato ad amare il mare e a portarlo con me nei libri che scrivo. Con la casa editrice Sinnos ho pubblicato i miei primi libri per ragazzi e ragazze: una trilogia dedicata ad Hanna, curiosa e dall'olfatto infallibile, che insieme al suo fedele segugio Fou e ad un gruppo di amici multietnico affronta complicate avventure (*Hanna, Fou e il mistero delle saline – Hanna, Fou e i castelli di sabbia – Hanna, Fou e l'aquilone scomparso*).
Ho poi scritto filastrocche per piccoli e grandi sul tema delle famiglie e su quello della nanna (*Bambini Bambine e sapori, Famiglie a colori – Nannalibro, Libronanna*, Bacchilega Junior Editore) perché mi piacciono i libri che mettono in relazione genitori e figli e che guardano alle famiglie al plurale.
Respiro invece è nato in un'estate, quando il desiderio per il mare e per il Sud diventa più forte, ed è dedicato a tutte le persone che sono dovute partire senza volerlo.
E soprattutto a quei ragazzi e a quelle ragazze che stanno ancora cercando il loro posto nel mondo.
Se volete scrivermi questa è la mia mail:
masellabeatrice@gmail.com

Maria Beatrice Masella

INDICE